Coleção Jabuti Vida

Editora Saraiva

COM O CORAÇÃO DO OUTRO LADO DO MUNDO

TÂNIA ALEXANDRE MARTINELLI

Apreciando a Leitura

Bate-papo inicial

Com o coração do outro lado do mundo conta a história de uma garota que se vê longe dos pais e diante de uma série de novos sentimentos, alguns agradáveis, outros nem tanto. Num mundo controverso, onde as dificuldades financeiras são capazes de separar uma família, Laís descobre que crescer é um caminho complicado, que passeia pelas amizades, pelo ciúme e pela descoberta do amor. Com coragem e vontade de enfrentar os desafios, ela segue seu caminho acompanhada de sua turma de amigos, seus avós e da saudade de seus pais.

■ Analisando o texto

1. Qual era o problema de Laís?

R.: ____

____

2. O que sentiu Laís quando seus pais lhe contaram seus planos e o que sentiu ao se despedir deles?

R.: ____

____

____

____

____

3. Quem substituiu afetivamente seus pais?

R.: ____

____

4. Como ficou Laís ao assistir à fita dos pais?

R.: ____

____

5. Por que Heloísa andava estranha com Laís?

R.: ____

6. Quem estava querendo tirar proveito do desentendimento entre Laís e Heloísa? O que ela pretendia?

R.: ____

____

7. Como foi a reação de D. Mieko, ao ouvir as confidências de Laís sobre Vítor?

R.: ____

____

8. Como se deu a reconciliação de Laís e Heloísa?

R.: ____

9. Por que Laís demorou a dar uma resposta a Vítor?

R.:

10. O que D. Mieko dizia sobre crescer? Você compartilha dessa opinião?

R.:

Refletindo

11. Os pais de Laís partiram para o Japão por motivos econômicos. Você acha válidos esses motivos, isto é, eles justificam uma decisão assim importante?

R.:

12. Heloísa tinha ciúme de Laís e Vítor. Juliana, por sua vez, tinha ciúme de Heloísa. Na sua opinião, o que provoca o ciúme?

R.:

13. Ao saber dos planos dos pais, Laís, muito sentida, não quis saber de conversa com ninguém.

"Não tinha certeza se gostaria de dividir o que estava sentindo com quem quer que fosse." (pág. 6)

E você, como se comporta quando tem um problema?

R.: ___

Linguagem

14. Confronte estas duas passagens do texto:

"*Não tinha certeza se gostaria de dividir o que estava sentindo com quem quer que fosse.*" (pág. 6)

" — *Sabe, Laís, (...) acho que eu não tô a fim de falar nada, não.*" (pág. 62)

Embora essas duas passagens digam praticamente a mesma coisa, elas são diferentes quanto à linguagem. Você pode dizer por quê?

R.: ___

■ Redigindo

15. Vítor declarou-se a Laís numa conversa franca na sorveteria. Há muitas maneiras — algumas bem originais — de declarar-se a alguém. Imagine uma delas e narre-a num pequeno conto.

16. Laís recebeu uma carta, na qual seus pais relatavam sua vida no Japão. Coloque-se na pele de Laís e escreva a resposta a essa carta.

17. Num certo momento, Laís diz:

"— Às vezes tenho a impressão de que essa tristeza não vai passar nunca. Nunca". (pág. 48)

Você já sentiu algo parecido? Conte como foi.

TÂNIA ALEXANDRE MARTINELLI

Ilustrações

MOZART COUTO

COM O CORAÇÃO DO OUTRO LADO DO MUNDO

COLEÇÃO JABUTI Vida

4ª edição

Conforme a nova ortografia

Editora Saraiva

Editor: ROGÉRIO GASTALDO
Assistente editorial: ELAINE CRISTINA DEL NERO
Secretária editorial: ROSILAINE REIS DA SILVA
Preparação de texto: VALÉRIA FRANCO JACINTHO
Suplemento de trabalho: ROSANE PAMPLONA
Coordenação de revisão: LIVIA MARIA GIORGIO
Gerência de arte: NAIR DE MEDEIROS BARBOSA
Supervisão de arte: VAGNER CASTRO DOS SANTOS
Projeto gráfico e diagramação: ROSANGELA C. LIMA
Produtor gráfico: ROGÉRIO STRELCIUC
Impressão e acabamento: Log&Print Gráfica, Dados Variáveis e Logística S.A.
OP: 260989

Dados Internacionais de Catalogação na Publicação (CIP)
(Câmara Brasileira do Livro, SP, Brasil)

Martinelli, Tânia Alexandre
Com o coração do outro lado do mundo / Tânia Alexandre Martinelli ; [ilustrações de Mozart Couto]. — 4. ed. — São Paulo : Saraiva, 2009. — (Coleção jabuti)

ISBN 978-85-02-07949-6

1. Literatura infantojuvenil I. Couto, Mozart. II. Título. III. Série.

01-5855 CDD-028.5

Índices para catálogo sistemático:

1. Literatura infantil 028.5
2. Literatura infantojuvenil 028.5

10ª tiragem, 2024
CL 810021
CAE 571326

Editora Saraiva

SARAIVA Educação Ltda.
Avenida das Nações Unidas, 7221 – Pinheiros
CEP 05425-902 – São Paulo – SP
Tel.: (0XX11) 4003-3061

Para Joelma Martinelli e Deise Carli.
Para Kunie, cujos filhos estão lá
do outro lado do mundo.

A SURPRESA

Parecia ser um dia como outro qualquer. Parecia sim, mas algo estava errado.

Era dia de jogar vôlei na rua. Até aí, sem novidade, pois todo dia era dia de jogar vôlei na rua. A garotada chegava da escola, almoçava, fazia lição e já se mandava. Que ver televisão, o quê! Isso, só se fosse mais tarde. Para eles, não tinha nada mais gostoso do que, depois do jogo, sentar à beira da calçada e bater papo horas e horas.

E assim havia sido durante muito tempo.

Naquela tarde, porém, todos perceberam que havia algo errado, pois Laís não aparecera como de costume.

E foi por isso que, depois de ficar certo tempo brincando, conversando e resmungando por causa da quantidade de lição de Matemática que a professora havia passado, a turminha resolveu ir até a casa dela.

Laís estava na sala, assistindo à tevê, com os olhos vermelhos e inchados. A tela mudava a todo instante, mas era muito provável que a garota não estivesse vendo nada do que se passava.

— Laís! Ô, Laís! Vem cá!

Laís ergueu a cabeça e prestou atenção nas vozes que vinham lá de fora. O corpo continuou estático, largado no sofá.

— Laís!

Com muito custo, levantou-se lentamente para atender ao chamado de seus amigos ao portão.

Abriu a porta da sala, encostou sua cabeça no batente e ficou aguardando, imóvel e de braços cruzados, o pessoal dizer o que queria.

Como viu que Laís não arredava o pé do lugar, Heloísa chamou outra vez:

— Vem cá, Laís!

Não disse que não. Deu um suspiro e foi indo tão devagarinho, contando os passos. Parecia mais que alguém a empurrava para fazer uma coisa que não queria.

— Credo! Que cara! — observou Fernando.

— É... Não veio jogar vôlei com a gente, por quê? — quis saber Heloísa.

Laís continuava calada. A turma ficou em silêncio aguardando sua resposta.

Fernando, Vítor, Heloísa, Luciana e Laís tinham praticamente a mesma idade. Só Vítor é que fazia aniversário primeiro que todo mundo. Em setembro ia fazer catorze anos. Os outros, só no ano seguinte.

Todos estavam na mesma classe, na sétima série, e eram muito amigos. Mas, naquele dia, Laís não queria saber de muita conversa com nenhum desses amigos. Queria ficar sozinha, com seu pensamento. Não tinha certeza se gostaria de dividir o que estava sentindo com quem quer que fosse.

Os quatro ficaram sérios, esperando Laís falar. Estava difícil.

— O que foi, Laís? Tirou zero na prova e por isso a sua mãe te deixou de castigo? — especulou Luciana.

— Não — finalmente ela havia resolvido falar. Depois de uma outra longa pausa, Laís continuou:

— Não é nada com a escola, não.

— Então o que é? — perguntou Fernando.

— Fala, Laís — pediu Vítor.

Os olhos de Laís ficaram ainda mais vermelhos, e podia-se perceber que estavam se enchendo de lágrimas outra vez, quase a ponto de transbordar toda a tristeza.

Heloísa ficou ainda mais preocupada:

— Nossa, Laís! Conta pra gente, vai! Somos seus melhores amigos!

Laís pensou que talvez Heloísa estivesse com a razão e fosse mesmo bom poder desabafar com alguém. Afinal, eram os seus melhores amigos.

— É que... os meus pais, sabe... — começou devagarinho.

— O que é que tem, Laís? — perguntou Luciana.

— Eles vão se separar...

— Separar? Poxa! Isso é muito triste mesmo! — falou Luciana, mal dando tempo de Laís terminar a frase.

Laís fechou os olhos por um instante e apertou os lábios. Respirou fundo; porém, antes que pudesse falar qualquer coisa, Heloísa se aproximou mais da amiga, abraçou o seu ombro e lhe disse:

— Olha, Laís, eu já passei por isso e sobrevivi. Você sabe, meus pais se separaram faz cinco anos. Eu só tinha oito aninhos! Mas, veja, estou aqui! — Heloísa fez um gesto, apontando para si mesma.

— É, Laís — Fernando também havia resolvido dar o seu apoio. — Eu também já passei por essa situação. Há muito mais tempo que a Helô. Eu só tinha dois anos quando tudo aconteceu. E posso garantir que não morri por causa disso. Tudo bem que é legal ter os pais morando juntos, mas não é nenhum fim de mundo ser criado só pela mãe. Vai por mim!

— Eu não posso falar nada, tenho pai e mãe vivendo comigo... — disse Vítor —, mas, de qualquer forma, imagino o quanto você deve estar sofrendo. Eu sinto muito, Laís.

Laís balançou a cabeça negativamente.

— Não, vocês não estão entendendo... — ela falou em meio aos soluços — Eles vão se separar sim, mas vão se separar de mim!

— Hã?! — disseram quase em coro.

NINGUÉM ENTENDEU NADA

— Como é que é, Laís? — perguntou Heloísa, soltando os braços do ombro da amiga e encarando-a de frente. — Explique essa história direito.

— Eles vão se separar de mim porque vão embora para o Japão na semana que vem! Vão ficar lá dois anos, e eu vou ter que ficar aqui!

— Meu Deus! Mas você vai ficar aqui com quem? — perguntou Luciana, aflita.

— Com os meus avós.

— E o que eles vão fazer lá no Japão?

— Vão trabalhar, Helô. Trabalhar pra ganhar *bastante* dinheiro.

— Mas por que no Japão? Precisava ser tão longe?

— Você se esqueceu de que o meu pai é filho de japoneses, Fernando?

— Ah é! — ele se lembrou.

— Sabe, Laís, você não tem traços de japonesa, por isso a gente quase nem se lembra de que você tem vô e vó vindos do Japão — disse Luciana, a amiga mais tímida que Laís tinha, bem ao contrário de Heloísa.

Laís havia puxado mais o lado da mãe, que era descendente de italianos. Ela tinha os cabelos castanhos compridos e os olhos da mesma cor. Uns olhos redondos e pequenininhos. Laís era muito bonita.

— A gente se esquece mesmo de que você é descendente de japoneses, Laís. Você não tem os olhos puxados como o seu pai — falou Heloísa.

Laís não disse nenhuma palavra sobre o comentário. Novamente ficaram em silêncio.

— E você não pode ir junto? — perguntou Fernando, retomando o assunto da viagem dos pais.

— Não — ela respondeu. — Meus pais disseram que eles têm que ir sozinhos pra poderem trabalhar bastante. Que droga! Por que têm que trabalhar *bastante*, por que têm que ganhar *bastante* dinheiro? Por quê? Por quê?

— Também não acho justo!

— Fica quieta, Heloísa! — repreendeu Fernando. — Não dá palpite que esse assunto não é seu!

— Mas é verdade! Ninguém perguntou pra Laís se ela está contente com essa situação, ora essa!

— Helô, agora não é hora para os seus discursos — falou Fernando outra vez, para tentar fazer a amiga perceber que a situação era muito mais delicada que no caso de um simples probleminha na escola por causa de algum trabalho ou algum ponto no jogo de vôlei não dado pelo juiz.

— Sabe o que eu acho? — resolveu falar Luciana. — Isso é coisa que a Laís tem que resolver com os pais dela. Já chega o quanto ela está sofrendo. Melhor mesmo não ficar falando...

— Também acho — concordou Vítor. — A Laís está triste pra caramba, e vocês ainda ficam aí discutindo? Poxa, Laís! — Vítor segurou a mão da amiga sem querer, mas logo soltou, quando percebeu o que havia feito. — Se a gente puder fazer alguma coisa...

Laís deu um sorriso.

— Vocês são muito bacanas, mas não tem nada que possam fazer pra me ajudar, não. Eu mesma já cansei de falar com eles. Chorei a tarde inteira, desde a hora que me contaram. Mas já está tudo certo. Eles vão mesmo para o Japão e vão voltar só daqui a dois anos.

— Tanta coisa pode acontecer em dois anos... E os pais longe! — Heloísa recebeu uma cotovelada de Fernando assim que acabou de dizer essas palavras. Ela entendeu o recado.

— Desculpe, Laís. Não quero te deixar pior ainda.

— Tudo bem, Helô, já disse. — Depois de uma pausa, continuou: — Melhor eu entrar agora. Tenho que ir à casa da minha avó daqui a pouco.

— Tá legal. Olha, Laís, se precisar de alguma coisa, qualquer coisa... — ofereceu Heloísa.

— Tá certo — disse, e foi andando sem olhar para trás, dando uns passos lentos, como se o seu corpo estivesse cansado demais para ir a qualquer lugar.

Só Vítor ficou olhando, olhando... Seu coração havia ficado pequeno de repente. Uma tristeza grande começou a tomar conta dele. Era como se fossem os seus próprios pais que estivessem prestes a viajar, e não os de Laís.

Sentia vontade de chamar Laís de volta, de ficar com ela. Também não sabia para quê. Mas parecia que algo dentro dele estava diferente naquela hora, algo que ele nunca havia sentido. Só ainda não sabia direito o que era.

CONVERSA COM A AVÓ

— Então, Laís, você fica com o quarto que era do seu tio, nós tiramos as coisas velhas daqui de dentro deste guarda roupa e colocamos as suas. O móvel não é novo nem nada, mas acho que dá bem pra ajeitar as suas coisas. Olha! — abriu uma das portas — O que acha? Ainda sobra uma parte pra pôr o seu material de escola.

Laís nem estava prestando atenção ao que a avó estava falando.

— Hein, Laís? Fica bom assim?

— Fica, vó — falou a neta, sem ter muita ideia do que respondia.

Dona Mieko fechou o guarda-roupa e pegou Laís pela mão.

— Vem cá, Laís — fez a menina sentar-se sobre a cama. — Eu sei que está sendo muito difícil pra você tudo isso, mas tenta compreender...

— Compreender, vó? Meus pais vão embora, e você quer que eu compreenda?

— Mas não vão embora para sempre, minha querida! São dois anos...

— Dois anos! E você acha pouco?

— Não, eu não acho pouco. Acho bastante, sim. Mas o importante é que eles vão voltar e, enquanto estiverem lá, vão estar o tempo todo pensando em você.

— E eu, vó? Como vou fazer sem eles?

— Você tem a mim, tem o seu avô, que a ama tanto quanto eu. Não vai lhe faltar amor, minha querida.

— Mas amor de pai e de mãe é diferente de amor de vô e de vó.

— Mas a gente vai ser como um pai e uma mãe para você, Laís. Não fique assim tão triste! Pense que é pro bem de vocês. Logo seu pai e sua mãe voltam, compram uma casa bem bonita, arrumam um emprego por aqui mesmo. Depois, quem sabe, até colocam você numa escola particular... Não é esse o sonho da sua mãe? E o do seu pai também?

Laís levantou-se da cama e deu uma volta pelo quarto.

— Essas coisas não têm importância pra mim — falou com a voz cheia de amargura.

— Não têm agora, minha querida. Mas vão ter mais tarde.

— Preocupações de adultos! Há! — disse, fazendo pouco caso.

A avó sorriu, mas achou melhor não dizer nada.

— Sabe, vó, não quero ser adulta nunca. Nunca! Adulto só tem preocupação na cabeça. Não quero casar, não quero ter filhos, não vou nem namorar. Assim não preciso ficar preocupada em ganhar *bastante* dinheiro.

— Adulto também tem alegria, Laís! Do jeito que você fala...

— Mas tem preocupação demais pro meu gosto. Tá louco, viu!

Laís ficou quieta outra vez. Dona Mieko balançou a cabeça de um lado para outro, dando um sorriso, e começou a arrumar umas roupas. A garota ficou parada em frente ao guarda-roupa vazio, de portas abertas, e permaneceu com o olhar perdido por um tempo. Era assim que se sentia: perdida.

Como é que pode alguém ficar sem pai e mãe de uma hora para outra e, pior, por escolha dos próprios pais?

Laís não se conformava com isso. Tinha hora em que sentia raiva, em outra tristeza, em outra pena de si mesma. Começava a pensar nela própria como se fosse outra pessoa. Uma coitada que estava ficando órfã de repente. E aí vinha uma infinidade de sentimentos que a colocava mais para baixo ainda.

Não era assim que gostaria de pensar. Não era assim que queria se sentir. Não era.

De repente ela se lembrou do tio.

— Quanto tempo faz que o tio Carlos tá lá no Japão, vó? — disse Laís, desviando os olhos do guarda-roupa e sentando-se na cama com a avó.

— Já vai fazer um ano.

Carlos e Sérgio, tio e pai de Laís respectivamente, eram os únicos filhos de dona Mieko. Carlos, o mais novo, há alguns anos enfiara na cabeça que não queria mais morar no Brasil. Queria ir para o Japão, conhecer a terra de seus pais e tentar uma vida melhor.

Dona Mieko e Seu Toshiro não se opuseram quando ele tomou a decisão de partir, mas sentiram muito quando ele se foi. Porém, ela e o marido procuraram pensar que a mudança era para o bem do filho e que ele logo voltaria, apesar de não ter marcado uma data exata para o retorno.

Já o pai de Laís sempre dissera ao irmão que aquilo era uma loucura. Imagine, repetia Sérgio, se ele ia sair do seu país, deixar família e tudo o mais para tentar a vida lá fora. Um lugar totalmente estranho para ele, uma língua que conhecia tão pouco, só o que aprendera com o seu pai, um lugar sem parentes ou amigos para conversar. Não, de jeito nenhum! Apesar de ser a terra de seus pais, aquela terra não era a dele. O Brasil, sim, era a terra em que ele queria viver.

O fato, porém, é que a situação dos pais de Laís não era das melhores. O pai já estava desempregado há alguns meses; a mãe era *baby-sitter*, trabalhava algumas noites ou alguns finais de semana apenas, sem renda fixa.

O tio lá no Japão, por sua vez, escrevia informando que tudo estava indo muito bem e dizia que Sérgio deveria ir com a mulher para lá. Tanto Carlos repetia a ideia que o irmão começara a se entusiasmar. Até um carro Carlos já havia conseguido comprar com o dinheiro economizado!

Um dia, Sérgio pegou o jornal e o abriu já resolvido a ir até um lugar que todo domingo via anunciado nos classificados de emprego:

> **PRECISA-SE**
> de descendentes de japoneses,
> ou de pessoas casadas com
> descendentes, para
> trabalhar no Japão.

Conversou com a esposa, e juntos decidiram que trabalhar no Japão seria o melhor para o futuro deles e da filha. Iam trabalhar duro, juntar dinheiro e depois voltar. Daí poderiam arrumar emprego por aqui, comprar uma casa e até colocar a filha numa escola particular.

— Vó, quando é que o tio Carlos volta?

— Vai demorar — respondeu Dona Mieko, enquanto dobrava algumas roupas em cima da cama. — Ele pretende ficar lá mais tempo que os seus pais. Também, né, Laís, ele é solteiro, não tem compromisso aqui no Brasil... vai ver até arranja uma namorada japonesa e acaba casando...

— E você não sente falta dele, não?

— Claro que sinto, meu bem! — Dona Mieko parou de dobrar as roupas e encarou a neta. — Está vendo? É a mesma coisa. Eu também estou separada do meu filho.

— Ah, vó, mas é diferente. O tio Carlos tem vinte anos e lá vai pedrada. Eu só tenho treze!

Dona Mieko sorriu. Os olhinhos puxados ficaram ainda menores.

— Claro que é diferente, Laís. Eu sei, estou brincando. Uma menina na sua idade precisa muito mais dos pais por perto do que um moço com vinte e oito anos... — Dona Mieko fechou o sorriso, e seu rosto ganhou uma expressão séria: — Sabe, filha, isso também é triste.

— Isso o quê?

— O fato de os filhos um dia não precisarem mais tanto assim da gente. Enquanto são pequenininhos é tão gostoso! Mas depois... às vezes acabam indo morar sozinhos... Cada um faz a sua escolha, Laís.

— Eu nunca vou querer morar sozinha, sem a minha mãe.

PREOCUPAÇÃO À BEIRA DA CALÇADA

— E agora, gente?

— E agora, Lu, que a Laís vai sofrer um bocado? Fico imaginando se fosse eu... — disse Heloísa.

— Ah, Helô, você vive só com a sua mãe. E você também, Fernando — lembrou Vítor.

— E daí? Pelo menos tenho uma mãe pra ficar comigo — falou Heloísa.

— É isso mesmo, Vítor — concordou Fernando. — A Laís não vai ter uma mãe pra ficar com ela. Nós temos.

— Mas vai ter vó.

— E vó é a mesma coisa, Vítor? — disse Heloísa, enfezadinha.

— Mesma coisa acho que não. Mas vó é legal.

— Minha avó mora comigo — falou Luciana.

— Então você tem duas mães.

— Deixa de ser bobo, Fernando! — repreendeu-o Heloísa.

— Poxa, Helô! Hoje não tá dando pra conversar com você, hein? Que braveza!

— Tá bom. Desculpa, Fernando. É que eu tô nervosa. Por causa da Laís. Coitada!

— Me deu pena! — disse Luciana.

— Eu também fiquei com dó.

Os quatro ficaram em silêncio por alguns instantes, pensando na situação da amiga.

— Então o que a gente faz? — perguntou Fernando.

— Não faz nada, Nando — disse Heloísa. — Não tem nada que a gente possa fazer. É melhor darmos um tempo pra Laís. Logo ela se acostuma. Quando meu pai foi embora, também sofri bastante. Chorei à beça. Mas depois passou.

— Ah, mas ela vai perder os dois de uma só vez — falou Luciana.

— É, só que não é pra sempre. Eles voltam, não ouviu a Laís falar? — lembrou Heloísa. — São dois anos. É bastante, mas passa. Tudo passa.

— Mas você também não tem do que reclamar, Helô — disse Fernando. — Seu pai sempre vem te ver. O pior é o meu, que foi embora quando eu tinha só dois anos e nem apareceu mais.

— Olhando por esse lado... você tá mesmo numa situação pior que a minha.

— Pior que a da Laís — ele próprio concluiu.

— Será?

— Sei lá, acho que sim — falou Fernando. — Ou não. Tem hora que acho que sim, tem hora que acho que não.

— Você não sabe o que sente não, Fernando?

— Ah, Luciana! Pra falar a verdade... eu acho que não.

— Não o quê? — perguntou Helô, que não estava entendendo bem aquela conversa.

— Acho que não sei o que sinto. É isso.

— Ah...

EXPLICAÇÕES E MAIS EXPLICAÇÕES

— A Laís não quer jantar.

— Eu vou lá falar com ela.

Sérgio já ia se levantando quando Ana Cláudia, mãe de Laís, segurou-o pelo braço.

— Deixa.

Sérgio acomodou-se novamente na cadeira e pegou um bocado de comida.

— Ela não quer falar com a gente.

— Mas não está certo, Ana Cláudia! Eu já falei, você já falou, explicamos tudo. Tudo!

— Ela está triste demais, Sérgio! Está com raiva, sei lá. Não sabe direito o que está sentindo.

— Eu não quero ir embora e deixá-la desse jeito.

— Conheço a Laís. Ela vai entender.

— Tenho medo de que não entenda. E não nos perdoe.

— Ela vai ter que ser forte e nos ajudar nessa decisão. Se achamos que a viagem vai ser para o bem da nossa família, ela tem que entender. Nós não vamos voltar atrás.

Laís chegara da casa da avó triste. Não sentia vontade de comer, nem de se sentar à mesa com seus pais. Fora direto para o quarto.

Sua mãe acertara quando dissera que a filha não sabia direito o que estava sentindo.

Laís sentia-se confusa. Da tristeza havia passado à raiva. E não conseguia deixar de pensar em como é que os pais podiam ter a coragem de deixar uma filha de treze anos por tanto tempo, dois anos!

E se ela ficasse doente nesse meio tempo? E se ficasse de recuperação na escola? E se repetisse de ano? E se ela morresse?

Laís tinha começado a chorar outra vez. Não se conformava de jeito algum. Achava que não ia se conformar nunca. Nem que se passassem os dois anos e ainda mais dez pela frente. Nunca.

Ana Cláudia e Sérgio terminaram o jantar e continuaram na cozinha mesmo, conversando e anotando algumas coisas num papel.

Laís saiu do quarto e foi até lá espiar. Os pais estavam debruçados sobre a mesa, acertando os últimos detalhes para a viagem.

Ela ficou num canto escutando os dois conversarem. Pareciam até animados. Sentiu raiva, muita raiva.

"Como é que podem estar contentes, comigo desse jeito? Nenhum de vocês dois gosta mesmo de mim!" — pensou Laís. Um pensamento que parecia querer sair correndo de sua mente e ir direto à sua boca. Tinha vontade de gritar pra todo o mundo ouvir: "Vocês dois não gostam de mim! Não gostam!". Mas não falou nada. Fez o pensamento ficar quieto no seu canto. Assim como ela.

A mãe de Laís, pressentindo sua presença, virou-se.

— Oi, filha! Quer jantar agora?

— Não! — Deu as costas e voltou para o seu quarto.

Ana Cláudia olhou para Sérgio e levantou-se. Ele fez o mesmo.

Laís voltou a chorar na cama, abraçada ao travesseiro. A mãe apareceu.

— Filha...

— Não quero falar com nenhum de vocês dois! Quero ficar sozinha!

A mãe e o pai não deram atenção ao pedido da filha e foram até a cama, sentando-se pertinho dela.

— Filha, vai ser bom pra nós.

Laís tirou a cara do travesseiro e olhou para a mãe.

— Não vejo nada de bom, mãe. Só coisa ruim.

— A situação está difícil aqui, Laís — disse Sérgio. — O seu tio disse que no Japão está melhor. E, olha, nós já vamos com emprego, salário combinado, tudo! E com o que eu e a sua mãe vamos ganhar, vai dar pra guardar um bom dinheiro todo mês.

— É verdade, filha — concordou a mãe, falando animada, para ver se conseguia transmitir algum entusiasmo à filha. — Vamos trabalhar pra caramba, mas vai valer a pena. Nós estamos certos disso. Quando voltarmos, a primeira coisa que vou fazer vai ser comprar uma casa. Uma casa só nossa, já pensou, Laís?

— Pra que ir pro Japão, pai? — Laís fez que não ouviu, nem entendeu nada do que os pais haviam acabado de falar.

A mãe soltou um suspiro. Laís continuou:

— Eu não quero droga nenhuma de escola particular, nem casa bonita. Nada disso importa! Eu quero é ficar com vocês, só isso! Será que é pedir muito?

— Claro que não é pedir muito, meu bem — falou a mãe. — Não se trata disso.

— Eu nunca liguei pra dinheiro, nunca fiquei chorando quando vocês não podiam me dar determinado presente, sempre escolhi outro no lugar, numa boa, não foi?

Os olhos de Ana Cláudia se encheram de lágrimas. Ela pegou as duas mãos de Laís e as apertou contra as suas.

— Você sempre foi uma filha muito compreensiva, Laís. Nós temos muito orgulho de você.

— Mas querem ir embora pra ganhar *bastante* dinheiro.

— Laís, assim você torna as coisas mais difíceis ainda! — reclamou Sérgio. — Você sabe, seu pai está desempregado há meses! Só fazendo um bico aqui e ali. Deus sabe o que temos feito pra pagar o aluguel desta casa. Se não fosse seu avô dar uma força...

— Laís — começou a mãe —, sabemos que você é uma filha pra lá de boa, supercompreensiva. Queremos um futuro melhor pra você e é por isso que estamos dispostos a fazer qualquer sacrifício.

— E eu, mãe? Você já se perguntou se eu estou disposta a fazer sacrifício também? Ou acha que o sacrifício é só de vocês?

— Claro que não, Laís! Sabemos o quanto vai ser difícil pra você também, pelo menos no começo. Mas você ainda é muito nova pra entender essas coisas. Certas decisões cabem aos adultos. Nós sabemos o que estamos fazendo, filha.

— Agora eu sou nova.

— Em parte, Laís, mas você já está bem grandinha pra perceber como anda a nossa situação.

— Mas vai melhorar, mãe! — Laís tentava convencer os pais. — Logo o papai arranja um emprego. E você também, mãe!

— Mas quando, Laís? Quando?

— Eu sei lá quando, mãe! Mas até lá a gente se vira.

— Não é isso que eu quero pro seu futuro, filha. Quero oferecer pra você uma escola boa, oportunidade de fazer uma faculdade, sorte que eu e seu pai não tivemos. E acredito, ou melhor — Ana Cláudia deu uma rápida olhada para o marido —, nós acreditamos que, se formos agora para o Japão, vamos conseguir juntar um bom dinheiro e recomeçar a vida aqui depois, numa situação bem melhor do que a de hoje.

— Mas falta tanto tempo ainda pra eu fazer faculdade, e vocês já estão pensando nisso?

— Mas nós temos que pensar, Laís! — falou o pai. — Queremos proporcionar um bom futuro pra você!

— Eu não quero futuro bom sem os meus pais! Vocês não entendem isso?

— Não adianta, Ana Cláudia — falou Sérgio, desanimado.

— Escuta, Laís — tentou a mãe mais uma vez. — Tudo isso agora parece não ter a mínima importância pra você, que ainda é uma menina, não tem as mesmas preocupações que uma mãe e um pai têm. Mas um dia...

— Você vai me agradecer — completou Laís, com certo tom de ironia na voz.

Ana Cláudia ficou em silêncio por um instante. Respirou fundo mais uma vez e depois falou:

— É isso mesmo, Laís. Um dia você vai me agradecer. A mim e a seu pai. O que nós queremos, filha, é oferecer um futuro melhor pra você. É nisso que estamos pensando.

A semana passou rápido. Voou. Dona Mieko, o Seu Toshiro e a neta foram levar os pais de Laís ao aeroporto. Despediram-se, abraçaram-se, choraram e despediram-se outra vez.

Laís não fizera escândalo no aeroporto, como escutara sua mãe prever ao seu pai, na véspera da viagem. Laís achava que talvez tivesse sido nessa hora que tomara consciência, de verdade, de que eles estavam mesmo decididos a fazer a tal viagem. Nada do que viesse a fazer ou dizer os faria mudar de ideia.

Sentiu uma dor muito grande no peito, mas havia resolvido que ia ser forte. Quem sabe não seria mesmo bom para todos eles, e talvez os benditos dois anos passassem tão rápido que, quando ela menos esperasse, estariam os três reunidos outra vez.

Esses pensamentos não duraram muito. Um instante depois, Laís já pensava que nada do que estava acontecendo com ela era justo. O que era justo? O que era injusto?

Laís e seus pais fizeram a promessa de que se escreveriam sempre e trocariam fotos. Os pais disseram que não iriam se esquecer de tirar bastantes fotos. E que Laís fizesse o mesmo e as mandasse para lá. Era o jeito de matar a saudade.

A garota chorou bastante no aeroporto, assim como sua mãe e seu pai, que nunca a menina tinha visto chorar. Até que ela ficou feliz em vê-lo com os olhos tão vermelhos, chorando igualzinho a ela. Mas não ficou feliz só por ver o pai sofrendo, por vingança. Nada disso. A verdade é que nesse momento Laís se sentiu realmente amada.

Por que não tinham chorado antes, com ela? Por que fingiram ser fortes, como se a tristeza fizesse parte apenas dela? Por que os adultos têm tanta dificuldade em demonstrar o que sinceramente sentem?

Eram tantos os porquês, Laís não conseguia entender nada. Só ficou um pouco melhor por sentir que eles também sofriam com a separação.

Laís pensou nisso o tempo todo durante o caminho de volta para casa com seus avós. Para a casa de seus avós. Era lá que ia morar daí em diante. Lá seria sua casa também. E tudo soava muito estranho. Não era só de casa que estava se mudando. Tudo estava se transformando. A sua vida inteira.

Laís sentia-se tão triste que não tinha vontade de conversar com ninguém. Seus avós falavam, tentavam fazer com que ela conversasse, mas o máximo que conseguiam era arrancar algumas respostas evasivas.

Chegando em casa, ela foi para o quarto onde estavam as suas coisas e se deitou na cama. Chorou mais um pouco e acabou pegando no sono.

Quando acordou, a vó veio trazer uma xícara de chá quente.

— Toma, Laís, é bom pra acalmar.

— Não quero, vó. Tô sem vontade de nada.

— Toma um pouquinho.

Laís concordou para agradar a avó. Dona Mieko falava com tanto jeitinho que conseguia convencer a neta de qualquer coisa.

— Você está mais calma?

— Eu não tô nervosa, vó. Eu tô triste. É diferente.

— Ah, tristeza é uma coisa que não é bom de se sentir, não é mesmo?

Laís só balançou a cabeça. Levou a xícara à boca e tomou outro gole do chá, que estava até bem gostoso.

Escutaram uma batidinha na porta. Seu Toshiro colocou a cabeça para dentro do quarto.

— Posso entrar ou essa é uma reunião apenas para mulheres?

— Claro que pode, vô.

Seu Toshiro sorriu e entrou. Estava com as mãos para trás, escondendo algo.

— O que é que você tem aí, vô?

— Ah! Ainda bem que percebeu.

Foi então que ele mostrou. Na sua mão estava uma maçã bem vermelha.

— Uma maçã? — ela estranhou.

— É. Sabe, filha, peguei a mais bonita da quitanda. Uma freguesa até já a tinha separado, mas eu

disse: “Não! Esta não, freguesa! Esta aqui vou levar pra minha neta preferida!”.

— Ah, vô! Eu sou sua única neta!

— Ah, mas e daí? Só por causa disso ia deixar de ser preferida?

Laís deu um sorriso discreto. Um sorriso que teimava em não aparecer tão cedo.

— Pega a maçã, Laís.

— A vó acabou de me trazer um chá...

— Chá de maçã?

— Não, claro... é... do que é esse chá, vó?

— Cidreira.

— Então? — disse o avô. — Se tomar o chá da sua avó e não comer a minha maçã, vai arrumar uma briga feia comigo!

— Tá bom, vô! Será que, enquanto eu estiver aqui, vocês vão ficar me entupindo de coisas?

Os avós não responderam. Só deram uma olhada um para o outro e depois sorriram.

Apesar de tudo, Laís se sentia uma garota de sorte. Era muito bom ter avós tão atenciosos. Os avós maternos não chegara a conhecer, morreram quando sua mãe ainda nem havia se casado.

Dali para frente, sabia que os dois seriam como os seus próprios pais. Apesar de tudo, de todo o carinho que, sabia, iria receber, sentia-se muito infeliz. Ela ia ter que aprender a viver sem os pais por perto. E isso lhe trazia não só uma sensação de tristeza, mas de medo.

NA AULA DE EDUCAÇÃO FÍSICA

— É sua, Laís!!!

Laís olhou para o alto e deixou a bola de vôlei cair bem à sua frente.

— Pô, Laís! Não me ouviu gritando "é sua!", caramba!

— Não enche, Juliana! Você também nunca errou, é?

— Ô, Juliana! Não briga com a Laís, não! — defendeu Heloísa, chegando mais perto das duas.

— Fica na sua, Helô! — disse Juliana. — Com a Laís no nosso time eu não jogo mais.

— Então pode sair, que a Laís vai continuar é aqui mesmo!

— Olha só quem fala!

— O que é que está acontecendo aqui, hein, meninas? — o professor de Educação Física percebeu a discussão das suas alunas e chegou mais perto para saber o motivo daquele bate-boca.

— Nada, não, Jorge — disse Laís. — Quero sair do time. Pode colocar outra em meu lugar?

— Não, Laís! — disse Heloísa. — Você fica. Troca a Juliana, professor.

— Mas você é muito metida à besta, hein, Helô!

— Calma, Juliana. E você também, Heloísa — pediu o professor Jorge.

— Deixa, professor, eu quero mesmo sair — falou Laís. — Não tô me sentindo muito bem hoje. Pode colocar outra no meu lugar?

— O que é que você tem, Laís?

— Nada. Só quero que você me deixe sair do time. Por favor.

O professor olhou para as meninas e depois para Laís.

— Está bem, Laís. Vá tomar um pouco de água e depois sente-se ali — ele mostrou a arquibancada. — Se não melhorar, me avise.

— Tá bom.

Assim que Laís saiu da quadra, Heloísa reclamou com a colega de classe:

— Sua tonta! Não vê que a Laís tá supermal?

— Ah! — falou Juliana, virando as costas e voltando a se posicionar na quadra. Ela deu uma rápida olhada para Laís e depois virou o rosto.

Assim que o professor colocou Luciana no lugar de Laís, ele apitou o reinício do jogo.

Laís atravessou a quadra e foi até o bebedouro. Encontrou Vítor, que estivera jogando futebol. Tinha ido tomar água também.

Vítor enxugou o suor da testa com a camisa e perguntou à amiga:

— Como é, quem está ganhando?

— Não sei — ela respondeu.

— Como não sabe? Você não estava jogando?

— É, mas não estava prestando atenção à contagem dos pontos. Até dei uns foras lá. Pedi pra sair.

Laís tomou água e ia voltando à quadra, quando Vítor pediu:

— Vamos conversar um pouco?

— O professor não mandou vocês jogarem futebol?

— Mandou, mas... eu queria conversar um pouco. Vamos?

Laís só encolheu os ombros e acompanhou o amigo. Sentaram-se em um dos bancos do pátio da escola.

Vítor estava se sentindo estranho. Conhecia Laís desde a terceira série. E estavam na mesma turma desde aquela época. Mas, de repente, conversar com a garota se tornara difícil.

Desde o dia em que ela havia contado ao pessoal que os pais dela iriam viajar, ele não tirava Laís da cabeça. E já fazia mais de uma semana que os pais de Laís haviam viajado! Não sabia se era pena da menina ou o quê. Talvez fosse por isso que, de repente, as palavras tinham ficado tão difíceis de sair de sua boca.

— Você tá melhor? — ele perguntou.

— Mais ou menos.

— Quer falar sobre isso?

— Acho que não, Vítor. Não ando com muita vontade de conversar.

— Mas, Laís, guardar tudo isso só pra você vai te fazer mal!

— E o que adianta falar, você pode me dizer?

— Adianta que você desabafa, coloca pra fora os sentimentos...

Sentimentos... Vítor pensou bem nessa palavra assim que a pronunciou. E os *seus* sentimentos? Era pena o que estava sentindo? Carinho? Vontade de ajudar? Vontade de ficar perto de Laís? O quê?

— Eu ainda estou muito triste — falou Laís, interrompendo os pensamentos de Vítor. — Tudo ficou muito difícil. Estudar, me divertir, até jogar vôlei, que eu adorava.

— Adorava, não. Adora. É só uma fase, vai passar. Você não vai deixar de gostar do que gostava antes. Logo tudo vai melhorar, você vai ver.

— Não sei...

— E como a Dona Mieko e o Seu Toshiro estão tratando você?

Laís sorriu pela primeira vez.

— Ah, eles são superlegais. Fazem de tudo pra me agradar. Mas mesmo assim...

— Mesmo assim...

— Está tudo muito difícil. Sabe, Vítor, a minha vida ficou muito complicada de repente.

— Eu sei.

— Num dia tenho pai, mãe, tenho proteção... no outro dia não tenho mais nada.

— Mas você tem os seus avós. Não acabou de dizer que eles são superlegais?

— E são.

— Então?

— Ah, mas é diferente — Laís parou de falar. Olhou para a quadra onde seus amigos continuavam jogando vôlei. Ficou com o olhar parado, distante. Só depois virou-se para Vítor outra vez.

— Sabe, parece que fiquei sozinha, tendo que cuidar da minha vida sozinha... tudo sozinha.

— Você não tá sozinha! — Vítor pegou na mão de Laís, assim como fizera no outro dia. Mas dessa vez não a soltou.

Laís ficou olhando para ele, mas não era só ela. Da quadra, Helô também não desgrudava os olhos dali.

Depois de um tempo, Laís puxou sua mão e disse:

— Tem razão, Vítor. Eu tenho os meus amigos, não é mesmo?

Vítor respondeu que sim com a cabeça.

Laís levantou-se, andou alguns passos e depois virou-se:

— Vou voltar pra quadra, Vítor. Acho que eu já tô melhor.

DA QUITANDA PARA CASA

Seu Toshiro insistira muito para que Laís passasse na quitanda quando voltasse da escola. Assim, podiam ir juntos almoçar.

A casa onde Laís morava com os pais, a escola, a casa dos avós e a quitanda ficavam no mesmo bairro. Ali ela havia nascido e feito os amigos que tinha até então.

— Vô!

O avô levantou a cabeça imediatamente.

— Ô, minha neta! Espere só um minuto.

Seu Toshiro acabou de pesar uns tomates para uma freguesa e depois dirigiu-se a um rapaz. Disse-lhe algumas palavras, tirou o avental, pendurou-o num cabide perto de uma porta que dava para os fundos, e saiu.

— Podemos ir agora.

Laís seguiu o caminho quieta, ouvindo o avô falar de como tinha sido sua manhã na quitanda. Ele falava, falava, com um sotaque muito discreto, próprio de quem não é brasileiro, mas já conhece bem o idioma.

Seu Toshiro tinha a quitanda há vários anos, desde que os filhos eram bem pequenos. Lidando com a terra e vendendo seus produtos, assim é que havia trabalhado a vida toda no Brasil.

Dona Mieko fazia bolos para fora. Era bastante requisitada, muitas vezes pelas próprias freguesas do marido.

— Por que você saiu do Japão, vô?

— Eu?

— É. Você e a vó.

— Bom, minha filha, naquela época o Japão estava em dificuldades.

— E o Brasil estava bem?

— Era o que diziam. Este era um país que estava começando a crescer. Todo o mundo lá no Japão ouvia falar que, no Brasil, havia muita terra boa para se plantar e que aqui havia emprego pra muita gente. Foi por isso que os meus pais nos trouxeram pra cá, eu e os meus quatro irmãos. Havia a promessa de ter terra pra trabalhar. Você sabe, Laís, naquela época, a terra era tudo com o que uma pessoa podia sonhar. Ela significava riqueza.

— Há! Que coisa mais louca!

— O quê, Laís?

— Os seus pais. Deixaram o Japão para vir pro Brasil a fim de ganhar *bastante* dinheiro, não foi? E os meus pais deixaram o Brasil e foram ao Japão pra ganhar *bastante* dinheiro.

O avô riu da comparação feita por Laís.

— É, Laís. Você vê como o mundo dá voltas? Quem diria que o Japão, depois de toda a desgraceira que a guerra fez, ia se tornar o que é hoje?

— Olha, vô, pouco me importa o que o Japão é hoje. Só queria que os meus pais estivessem aqui.

— Seu pai e sua mãe têm os seus motivos.

— E eu tenho os *meus* motivos. Mas não quiseram me ouvir, não é mesmo? De nada importou minha opinião. Sabe, vô, às vezes me dá raiva! Só porque eu não sou adulta, não posso falar nada? Que droga!

— Você está crescendo, Laís. Aos poucos vai perceber que a gente tem muito o que aprender na vida. Que ela não é fácil.

— Ah, vô! Mas já tem que começar desse jeito! Poxa vida! Será que não dava pra adiar os meus problemas pra daqui a uns cinco anos, não?

Seu Toshiro sorriu.

— Ah, filha, se a gente pudesse escolher... Na vida de cada pessoa acontecem coisas diferentes. Pode ter certeza de que todo o mundo passa por algum problema, algum tipo de sofrimento na vida. Uns passam antes, outros depois. Mas, esteja certa, Laís, tudo isso faz a gente crescer um bocado. Amadurece. Faz a gente olhar a vida com outros olhos.

— Mas é tão difícil, vô!

— Crescer não é mesmo coisa fácil, Laís.

Heloísa está estranha

— Laís!

Laís virou-se e viu Luciana e Heloísa dando uma corrida para alcançá-la. Estavam todas a caminho da escola.

— Laís! Que bom encontrar você — disse Heloísa.

— Tudo bem, Laís? — perguntou Luciana.

— Tudo.

— Queria saber, Laís, se você ainda tá muito chateada.

— Ainda tô, né, Helô! É claro que eu ainda não me acostumei com a minha nova vida...

— Não! — Heloísa balançou a cabeça. — Não é nada disso, não! Eu quis dizer com a Juliana. Aquela grossa, sem educação.

— Ah! Você acha que, com tanto problema na minha vida, eu ia ficar esquentando a cabeça com um joguinho de vôlei à toa?

— Eu disse pra ela, Laís — falou Luciana, apontando para Heloísa. — A Helô achou que você estivesse ligando pra aquilo.

— Imagine... — disse Laís. — Tenho outras preocupações.

As três ficaram em silêncio.

— O que é que você tava conversando com o Vítor ontem? — perguntou Heloísa a Laís, como quem não quer nada.

— Ontem? A que horas?

— Naquela hora do jogo, ora essa! Você saiu, dizendo pro professor que não tava bem...

Laís franziu as sobrancelhas, como se estivesse tentando se lembrar de algo. Depois, desmanchou aquela cara preocupada e disse:

— Vou saber o que é que eu tava conversando, Helô! Eu tava conversando as mesmas coisas de sempre, ora essa!

Helô ficou quieta, pensativa. As três continuaram andando. Foi Luciana quem falou:

— Acho que o Vítor tá a fim de você, Laís.

As duas olharam para Luciana. Uma com cara de espanto, a outra com cara de raiva.

— De mim? — disse Laís. — Você tá é maluca da cabeça, Luciana! De onde tirou essa ideia?

— Ora, eu percebo as coisas. Posso ser assim, meio quieta, mas não sou boba. Você não acha, Helô?

— Eu? Sabe, não acho, não. Eu acho que você tá mesmo maluca, como falou a Laís. Anda vendo coisa demais.

Luciana continuou falando com calma:

— Ah, não ando, não. Se vocês não perceberam nada, não é por minha culpa. Mas eu entendo dessas coisas.

— Que entende o quê, Luciana! — disse Heloísa muito brava. — O que é que você pode entender? Nunca namorou, nunca ficou com ninguém. Tá dando agora uma de boa, por quê?

— Credo, Helô! — repreendeu Laís. — Você também não precisa falar assim, né?

— Deixa, Laís. Pelo jeito a Helô acordou hoje com o pé esquerdo. Tem dia que fica assim, grossa como a Juliana.

— Não me compare com aquela menina, viu, Luciana? Não sou parecida com ela nem de longe, tá bom!

— Escutem aqui vocês duas! — interveio Laís. — Vão ficar aí discutindo por causa de uma bobagem dessa?! Poxa, Helô!

— Ah! Quer saber? Eu vou na frente. Tô precisando mesmo chegar à escola mais cedo pra terminar a tarefa de Português.

Heloísa acelerou o passo e deixou as duas amigas para trás.

Laís olhou para Luciana e perguntou:

— O que é que deu nela?

NA AULA

Ao chegarem à classe, Laís e Luciana viram Heloísa, com o caderno aberto em cima da carteira e a cara emburrada. Ela não levantou os olhos para encarar as amigas.

— Não liga, Lu. Vai ver ela tá com problemas outra vez. Você sabe, o pai dela...

— Não tô ligando pra isso não, Laís. A Helô é sempre muito estourada. Logo, logo ela se arrepende e vem falar com a gente de novo. Tô acostumada.

A aula começou. Demorou muito para Heloísa desmanchar a sua cara de emburrada. De vez em quando dava uma olhada para trás, na direção da carteira de Vítor. Para as meninas, não olhou nenhuma vez. Parecia que estava com uma raiva danada das duas.

Teve alguém que percebeu que algo não estava bem. Talvez pudesse tirar algum proveito da situação, uma vez que Heloísa era uma pessoa que todo o mundo queria ter como amiga. Era forte, decidida, impunha respeito. Quem conseguia conquistar a amizade dela ficava com a moral boa perante a classe.

— Brigou com aquelas enjoadas é, Helô?

Heloísa olhou para ela com o canto dos olhos. Fez uma cara de desprezo e disse:

— Não é da sua conta, viu, Juliana.

— Acho que você é muito boba de andar com essas duas.

— Boba é você, que não é amiga de ninguém.

— Claro que sou! Como não? Eu me dou bem com todo o mundo da classe. Pode perguntar. Pergunte pro Vítor também, se você quiser.

Heloísa mudou a cara.

— Por que para o Vítor?

— Por nada. É que vocês são tão amigos...

— Sou amiga do Fernando também.

— Mais do Vítor.

O sinal para o recreio soou bem nessa hora. Heloísa viu Laís e Luciana levantarem-se e darem uma olhadinha para ela. Não a esperaram, mas saíram bem devagar da sala.

— Olha aqui, Juliana — disse Heloísa. — Não sei o que você tá querendo dizer com isso e também não me interessa nem um pouquinho saber. Quer um conselho? Vai procurar outra garota pra conversar, que hoje eu tô morrendo de dor de cabeça, tá legal?

Heloísa deixou Juliana sozinha. Vítor e Fernando também já haviam saído da sala. Uma outra garota, também amiga de Heloísa, veio perguntar, enquanto ela caminhava sozinha em direção ao pátio:

— Que é que você tem hoje, Helô? Tá com uma cara...

— Nada. Acho que peguei uma gripe. Só isso.

SEM JOGO DE VÔLEI

Laís e Luciana acharam que a braveza de Heloísa ia passar logo, mas estavam enganadas.

Depois do almoço, mais no final da tarde, Laís foi até a casa de Luciana, que morava na rua de baixo da casa de Dona Mieko, e ficaram sentadas à beira da calçada, imaginando que Heloísa fosse aparecer como sempre.

— Poxa! A Helô tá brava mesmo...

— Ah, Laís, tem hora que a Helô é muito egoísta, muito chata. Não se pode abrir a boca que, se ela não concordar, fica com aquela cara.

— É. Mas ela é legal, deve estar mal por causa de alguma coisa. Vai saber...

— Mal eu também tô e nem por isso fico dando patada em todo o mundo.

— Ah, é? E por que você tá mal? Não me contou nada!

— Ah... Umas coisas que me aconteceram... Tô superchateada.

Laís ficou preocupada com tanto suspense.

— O que foi? Fala logo, Luciana!

— Bom, você sabe, né, Laís, minha avó mora com a gente há um tempão e ontem eu escutei uma briga tão feia da minha mãe com o meu pai por causa dela! Isso até que não é novidade porque eles sempre tão brigando. Mas ontem...

— Poxa...

— Coitada da minha avó. Tenho até pena, porque ela é sempre tão boa com a gente!

— E por que é que eles brigaram dessa vez?

— Pelos motivos de sempre. Você sabe, minha mãe fala que, com tanto filho que a minha avó teve, só o meu pai é que cuida dela. O meu pai e ela, é claro, que é nora. Nenhum dos filhos quer mais saber. Disse que o meu pai devia levar minha avó pra casa de algum deles e deixar ela lá. Minha mãe nunca tinha falado desse jeito, tão brava. Por isso eu fiquei mal, entende?

— E a sua avó? Será que ela não ouviu, não?

— Graças a Deus ela não tava em casa. Tinha ido à quitanda do seu avô comprar umas coisas. Agora, você já imaginou se ela volta e encontra os dois falando isso? Um filho empurrando a própria mãe para outro? O que é que ela ia pensar? Como ia se sentir?

— Eu não ia ligar de cuidar da minha mãe quando ela ficasse velhinha. Ou do meu pai — disse Laís.

— É, mas a minha mãe já anda pra lá de nervosa com toda essa situação. Toda vez que é preciso comprar um remédio pra ela é assim. Minha mãe não acha justo que só o meu pai gaste dinheiro com a minha avó.

— Até aí, acho que ela tem razão — disse Laís.

— Mas o meu pai prefere pagar tudo a pedir aos irmãos que o ajudem. Ele acha que eles é que deviam se preocupar com a mãe e se oferecer para ajudar, e não que ele tenha que pedir.

— Eu entendo o seu pai — disse Laís.

— É, mas a minha mãe, não. É por isso que sai todo esse quebra-pau.

— Que situação, hein?

— Pra você ver.

— Sabe, Lu, eu só tenho a minha avó e o meu avô agora. Se não fossem eles...

— Mas aí acho que os seus pais não iriam para o Japão deixando você aqui.

— Não sei, não... Eles estavam tão decididos...

— Eles só foram porque tinha alguém pra cuidar de você, Laís.

— Pode ser...

Laís estava com uma cara de quem tinha muitas dúvidas a respeito disso. Luciana percebeu.

— Você ainda tá pensando naquelas bobagens de que o seu pai e a sua mãe não gostam de você?

— Não sei. Lá no aeroporto, até que eu achei que gostavam, sim. Mas agora...

— Deixa de ser boba, Laís! Não fique enfiando mais coisa na sua cabeça. Não vale a pena. Isso só vai deixar você mais triste ainda.

— Às vezes tenho a impressão de que essa tristeza não vai passar nunca. Nunca.

DÚVIDAS

— É você que chegou, Laís?

Dona Mieko tinha escutado bater a porta da sala. Estava ocupada na cozinha, fazendo um bolo para uma de suas freguesas. Ela deixou as tigelas de lado, enxugou a mão num guardanapo e foi até a sala.

— Ah... é você. Mas já entrou? E os seus amigos? Já enjoaram de brincar, é?

— Não teve jogo hoje, vó. A Helô tá meio brava não sei por quê, e o Fernando e o Vítor não apareceram. Acho que eles iam pro treino de futebol. Aí fiquei um tempo conversando com a Lu.

— E conversando sobre o quê, para você estar com essa cara?

— Ah, vó... não é nada do que eu conversei, não. É que...

— É que...

— Eu que tô meio triste hoje. Só isso. Acho que tô deprimida...

— Vem cá, Laís.

Dona Mieko pegou na mão da neta e a puxou para o sofá. As duas se sentaram bem junto uma da outra.

— Acho que é saudade o que você tem — disse Dona Mieko.

— Saudade, tristeza... é tudo a mesma coisa.

— Ah, Laís! Eu achei que você já estivesse melhor!

— Tem dia que eu tô, vó. Tem dia que não.

— E o que faz você ficar assim? Alguma coisa acontece... o quê?

— Não acontece nada. Eu é que fico pensando...

— Pensando em quê?

— Na minha mãe, no meu pai... Às vezes eu acho que eles não gostam de mim.

— Que bobagem, Laís!

— Pode ser bobagem, mas eu penso. E sinto isso. Eu sei, vó, tudo o que você vai falar, que eles fizeram isso pra tentar melhorar de vida, me dar mais conforto, eu sei de tudo isso. Só que eu não entendo! Pra mim, outras coisas são mais importantes. Preferia que eles estivessem aqui. — Laís olhou fundo nos olhos da avó. — Comigo.

— Eu não queria ver você assim, Laís. Fico triste também.

— Eu não quero que você fique triste, vó. Mas não adianta você ficar me falando sempre as mesmas coisas, não vai adiantar.

— Você tem que encontrar alguma coisa que a faça se esquecer disso um pouco.

— Esquecer os meus pais?

— Não! Não foi isso que eu quis dizer. Esquecer a situação, compreende, Laís? Parar de ficar pensando que os seus pais a deixaram pra ir morar no Japão. Pense que eles estão só fazendo uma viagem e que logo, logo vão estar aqui...

— Logo... sei!

— Tente mudar seu pensamento, Laís, senão você vai continuar sofrendo. E isso é uma coisa que eu e seu avô não gostaríamos que acontecesse. Nós queremos ver você feliz.

Laís tentou fazer uma carinha alegre para agradar a avó, que voltou a falar:

— Acho que tem uma coisa que vai deixá-la feliz. Está em cima da sua cama.

A PRIMEIRA CARTA

Ela estava lá, em cima da cama, como a avó tinha lhe falado, pronta para ser aberta e lida.

Laís havia jurado, ao saber da partida dos pais, que não ia querer receber nenhuma carta que fosse. Não ia ler, ia simplesmente rasgá-la com envelope fechado e tudo.

Só que agora a raiva havia passado, a saudade fora tomando lugar, e, apesar de não ter confessado nem mesmo aos avós, não via a hora de receber uma carta dos seus pais, mandando notícias.

"Que loucura!" — pensava sempre. Como é que pode alguém querer largar o seu país para ir a um outro, totalmente desconhecido? A sua mãe não sabia falar uma palavra em japonês, e o seu pai falava muito pouco. Como fariam para se virar? Era uma loucura. Não faria isso nem para tentar uma vida melhor. De jeito nenhum. Se um dia tivesse filhos, não ia desgrudar deles por nada deste mundo. Não ia, não.

Olhou novamente a carta sobre a cama. Era hora de abrir e saber como estavam seus pais lá do outro lado do mundo.

Oi, filha!

Que saudade, menina! Parece que já faz um ano que a gente não se vê! O seu pai também está morto de saudades, fala em você todo santo dia.

Espero que você esteja bem e menos triste do que no dia da viagem, viu, Laís?

Como você deve ter visto no envelope, nós estamos morando em Nagahama-shi, uma cidade que fica no Estado de Shiga-ken, mas nem eu nem o seu pai trabalhamos aqui. Nós, inclusive, nem trabalhamos no mesmo Estado em que fica a nossa cidade. As empresas ficam em Sekegahara, Estado de Gifu-ken. Os nomes são complicados, mas aos poucos vamos nos acostumando.

Eu falei empresas porque, você sabe, eu e seu pai não trabalhamos no mesmo lugar. Cada firma tem um ônibus que leva a gente até lá, dá mais ou menos uma hora de viagem.

Nós temos trabalhado muito, Laís. Muito mesmo.

Bom, acho que eu já tinha falado pra você que eu ia trabalhar como montadora de aparelhos domésticos. O seu pai trabalha como montador de gôndolas para supermercados. Como as firmas são diferentes, nós nos vemos só à noite, em casa. Isso quando ele não tem que fazer hora extra. Aí ele chega bem mais tarde, e às vezes eu já estou até dormindo, de tão cansada.

Eu também posso fazer horas extras, mas por enquanto a firma ainda não precisou disso.

Fiz amizade com uma moça aqui, trabalhamos juntas, e ela me contou que tem uma filha pequena. A menina fica na creche da firma, só que ela tem que pagar uma mensalidade pra poder deixar a filha lá. Ela também não pode fazer hora extra por causa disso. Aqui, mulher que tem filho só trabalha até oito horas por dia. É proibido trabalhar mais.

Bom, eu já sabia disso antes mesmo de vir pra cá. Eu vou querer fazer bastante hora extra, filha, pra juntar dinheiro rápido e logo estar aí com você. Espero que entenda que esse foi um dos motivos que nos levou a deixar você aí.

A casa em que a gente mora é da firma em que o seu pai trabalha, eles alugam pra gente. Não é muito barato, e além disso a comida aqui também é muito cara. Mas o salário vale a pena. Não temos gastos, e vai ser possível juntar um bom dinheiro, eu tenho certeza.

Filha, o seu pai anda com muita saudade de você. Nós não vemos a hora de voltar e estarmos aí, todos juntos. Pense que vai passar logo, tá bom, Laís? É nisso que eu e seu pai pensamos o tempo todo por aqui.

Fale pra sua avó Mieko e pro seu avô Toshiro que logo, logo, eu e seu pai vamos mandar o dinheiro pra eles comprarem um terreno e começarem a construir a nossa casa. Diga que eles podem escolher, ver algum lugar que não seja muito caro, mas um lugar bom, tá? Logo, logo, filha. Logo, logo.

Nós a amamos muito. Vê se não demora muito pra me escrever, tá bom?

Um beijo grande, cheio de saudade e amor!
Mamãe e papai

Laís mostrou a carta à avó e ao avô um pouco antes do jantar. Dona Mieko ainda disse:

— Tá vendo, Laís? Eles estão morrendo de saudades de você!

— É mesmo, filha — falou seu Toshiro. — Percebeu que eles nem falaram que estão sentindo a falta destes dois velhos aqui?

Laís sorriu.

— Ah, vô! É claro que estão com saudades de vocês!

— É, mas não falaram nada — reafirmou o avô.

— É que eles estão tão preocupados em mandar o tal dinheiro... acho que se esqueceram de dizer, vô.

Seu Toshiro a abraçou.

— Laís, a gente sabe que eles estão com saudade de tudo aqui. A gente sabe.

Laís jantou e depois foi para o seu quarto, onde ficou bastante tempo. Pensou na conversa que havia tido com sua avó à tarde, releu a carta da sua mãe... De repente bateu uma tristeza! Pensava em seus pais, pensava nela própria, nos avós, em sua nova vida. Era ainda tudo muito estranho. Tudo novo.

Ao mesmo tempo que achara a carta da mãe cheia de esperanças, sentira a mãe triste. Não tinha certeza de que ela estava feliz vivendo naquele lugar, longe de tudo e de todos. Não tinha certeza mesmo.

Estava pensando na sua vida, guardando a carta no envelope, quando Dona Mieko entrou em seu quarto para avisar que alguém estava ao telefone, querendo falar com ela.

— Não perguntei quem é, mas pela voz acho que é o Vítor.

— O Vítor? — Laís estranhou. — O que será que ele quer?

Laís de repente lembrou-se do que Luciana havia lhe falado no outro dia.

Luciana era muito observadora, e isso deixara Laís com a pulga atrás da orelha. Podia notar mesmo que Vítor andava olhando para ela de um jeito estranho. Mas... será?

No começo achava que ele estivesse com pena dela. Ainda mais ele, um garoto que não tinha nenhum problema em casa. Pelo menos no que se referia a pai e mãe morando juntos. Diferentemente de Helô, de Fernando e até mesmo de Luciana, com todo aquele problema por causa da avó.

— Alô.

— Laís? Sou eu, Vítor.

— Oi, Vítor. Tudo bom?

— Tudo bem. Bom, Laís, eu estou ligando para dizer que não deu mesmo pra ir aí hoje. Eu e o Fernando tivemos treino de futebol. O professor marcou meio em cima da hora. É que o campeonato é logo no comecinho do segundo semestre, e ele quer que a gente já esteja bem craque até lá.

— É, eu desconfiei. Até comentei com a Luciana. Nós duas ficamos conversando um tempo, em frente à casa dela.

— Só vocês duas? E a Helô? Não foi?

— A Helô tá emburrada.

— Por quê?

— Sei lá! Não faço a mínima ideia.

— Será que ela discutiu com o pai de novo? Ou ele deu o cano mais uma vez?

— Não sei, Vítor. A gente até queria perguntar, mas ela não deu chance. Eu falei isso pra Luciana. Pode ser que o pai dela tenha marcado um encontro e não tenha aparecido outra vez. Ele sempre apronta dessas.

— Coitada da Helô. Ela tem aquele jeito todo estabanado, alegre, mas acho que é só fachada. Ela vive com problema em casa.

Laís logo desligou o telefone e ficou pensando no que Vítor havia falado sobre Helô. Sentiu-se mal de repente, egoísta, achou que talvez a sua amiga estivesse precisando muito de ajuda, de conversar com alguém, e ela só pensava em seus próprios problemas.

Foi por isso que decidiu:

— Vou sair, vó.

— Agora? Mas já é tarde, Laís!

— Vou dar um pulo na casa da Helô. É aqui pertinho, não vou demorar muito.

— Então, volte logo, você sabe como o seu avô fica preocupado.

Laís sorriu.

— Só o vô?

Dona Mieko sorriu também.

— Não, é claro. Você sabe que eu morro de preocupação também.

— Você é pior que ele. Mas não se preocupe, vó. Eu volto logo.

NA CASA DA HELÔ

Heloísa recebeu Laís com bastante surpresa. Não imaginava que a amiga fosse procurá-la depois do que havia acontecido. Ela sabia que era meio durona, por isso ficou contente pelo fato de a iniciativa ter partido de Laís, e não dela.

Heloísa não queria brigar nem com ela, nem com Luciana. Também não sabia dizer por que tinha reagido daquela maneira.

— Vim ver se você ainda tá brava.

— Eu não tô brava, Laís. Ando com um pouco de mau humor, acho que é isso.

— Não entendi por que você falou com a Lu daquele jeito. O que foi que ela fez, Helô?

— Não fez nada, já disse, eu é que ando mal-humorada. Amanhã eu falo com ela.

Laís deu uma olhada para a mãe de Helô, que estava prestando atenção no jornal que passava na televisão.

— Você não acha melhor a gente ir conversar no seu quarto?

Heloísa balançou os ombros, demonstrando que para ela era indiferente ir para o quarto ou continuar conversando na sala, perto de sua mãe.

Depois de algum tempo respondeu:

— Tudo bem.

Laís e Heloísa foram para o quarto e sentaram-se na cama. Laís ainda esperou um pouco para ver se a amiga começava a falar, mas parecia que não ia se abrir tão facilmente.

— O que tá acontecendo com você, Helô? Tá tão esquisita... Alguma coisa com o seu pai?

— Não. Tá tudo bem com o meu pai. Quer dizer, bem do jeito de sempre, né?

— Eu e o Vítor achamos que você poderia estar assim por causa dele.

Heloísa mudou sua expressão. Ficou séria de repente.

— Você e o Vítor?

— É. Quer dizer, a Luciana também. Nós ficamos conversando hoje sobre você.

— E o que o Vítor falou de mim?

— Ele achou que você podia ter brigado com seu pai. Ou que ele não tivesse aparecido em algum encontro.

Heloísa deu uma risada irônica.

— Meu pai... Até que vocês não imaginaram nenhum absurdo. Ele vive fazendo isso. Só que não é nada com ele desta vez.

— Brigou com a sua mãe, então?

— Não, Laís! Eu não briguei com ninguém! — Heloísa levantou o tom de voz. — Dá pra parar de ficar perguntando se eu briguei? Você acha que só posso ficar assim se brigar com alguém? Tá me chamando de briguenta, é?

— Não, Helô! — Laís tentou se explicar. — Poxa! Como você tá nervosa! Conta pra mim o que tá acontecendo!

Heloísa ficou calada. Só depois de um tempo ela falou:

— Sabe, Laís, eu não queria brigar com você também, mas acho que eu não tô a fim de falar nada, não.

— E por quê?

— Porque não, ora essa!

Laís se aproximou mais da amiga. Colocou a mão em sua cabeça, deslizou-a pelos cabelos compridos da garota e disse:

— Nunca vi você assim. Nem quando seu pai dá furo.

Heloísa passou a mão no rosto, tirando a franja que ficava jogada para um lado.

— Pra você ver, Laís. Não é só você que tem problemas.

NO DIA SEGUINTE

Heloísa foi para a escola no dia seguinte bem mais animada, nem parecia a mesma pessoa. Chegou brincando com todo o mundo, de bom humor, com uma cara bem mais alegre do que a do dia anterior.

Assim que chegou, pouco antes de dar o sinal, foi direto falar com Luciana e Laís.

— Oi, Luciana! Oi, Laís!

— Oi, Helô! Tá melhor hoje? — perguntou Laís.

— Tô, sim. Eu queria falar com você, Luciana, antes de o professor entrar.

— Pode falar, Helô.

— Eu sei que fui meio estúpida com você ontem. Quero que me desculpe. Sabe como é, às vezes eu exagero um pouco, e também, o que não é culpa sua, eu ando num baixo-astral de matar!

— Tudo bem, Helô, não tem problema.

— Vamos entrar, então? — sugeriu Heloísa.

As três voltaram às boas e entraram rindo na classe. Quem não gostou muito de ver toda essa alegria foi Juliana. Ela até comentou com a amiga ao lado:

— Olha, só, Cris, aquelas três.

— O que é que tem?

— Até ontem estavam uma de cara virada para a outra. Quer dizer, a Helô é que estava.

— Você é boba, Juliana, de ficar indo atrás dessa Helô. Repara em tudo o que ela faz ou deixa de fazer...

— Eu? Eu não tô indo atrás de ninguém. Só tô comentando com você.

— Eu acho a Helô insuportável, sabia? Quer sempre ser a melhor, mandar em todo o mundo...

— Em mim ela não manda.

— Nem em mim! Só tô falando o que eu vejo. O duro é quando tem algum jogo na aula de Educação Física, e ela entra pro nosso time. Não dá pra aguentar.

— Sabe, Cris, a Helô ainda vai voltar a ser minha amiga. Escuta o que eu tô falando.

— Sabia que às vezes me dá raiva de você, Juliana?

— De mim? Mas por quê, Cris?

— Parece que só a Helô é que importa pra você, caramba!

— Ah, Cris! Me desculpa. Não é isso, não. Você é a minha melhor amiga, você sabe disso.

— Mas a todo instante você fala dessa Helô.

— Não é, Cris. Eu só quero que a Helô se arrependa do que ela fez pra mim. Você lembra. Ela me deixou de lado por causa daquela tonta da Laís. A gente era superamiga.

— Não gosto de quando você fala da Helô desse jeito.

— Ah, Cris! Eu já falei. Você é minha melhor amiga. Só que ainda quero ver a Helô beijando os meus pés. Isso eu quero ver.

A professora chegou, e Juliana e Cris pararam de conversar sobre Heloísa. Abriram seus cadernos e se esqueceram desse assunto.

Heloísa deu uma olhadinha para trás, à sua direita, local onde Vítor se sentava. Notou que ele ficou um tempo olhando para Laís, que ficava na carteira ao lado da sua. Laís não percebeu nada, estava escrevendo.

Heloísa deu um cutucão em Luciana, sentada na carteira à sua frente. A garota olhou para trás.

— Que foi, Helô?

— Aquilo que você disse ontem... sobre a Laís...

— Hein? — Luciana nem estava se lembrando mais. — O que é que eu disse sobre a Laís?

— Sobre o Vítor...

Heloísa falava tão baixinho de medo que Laís escutasse, que a própria Luciana quase não conseguia entender.

Ela resolveu explicar melhor. E um pouco mais alto:

— Você acha mesmo que o Vítor tá a fim da Laís?

— Ah... Só passou pela minha cabeça. Você ficou tão brava! Por quê, hein, Helô?

— Não fiquei brava, Luciana.

— Ficou, sim.

— Ah, depois a gente conversa.

QUE SAUDADE!

Os meses foram passando. Os cinco amigos voltaram às atividades de sempre. Ficavam juntos na escola, encontravam-se à tarde para conversar sentados na calçada, jogavam vôlei na rua.

Laís recebeu mais cartas de sua mãe, era ela que sempre escrevia. O pai mandava beijos e falava que estava com muita saudade.

Uma vez o correio lhe trouxe uma caixinha. A garota assinou um papel a pedido do carteiro e, correndo, levou o embrulho para dentro de casa, louca para abri-lo logo.

— O que será isso, hein, vó?

— Não sei. Vamos abrir. Pegue lá na cozinha uma faquinha para a gente cortar essa embalagem.

— É pra já!

Laís foi correndo para a cozinha e voltou num instante. Deu a faquinha para a avó, e Dona Mieko começou a rasgar o papelão.

— Anda, vó! Anda logo! — Laís estava extremamente ansiosa.

Dona Mieko terminou de cortar a embalagem e a abriu. Havia um objeto embrulhado em outro papel. Laís pegou o conteúdo das mãos da avó e ela mesma começou a rasgar o papel, muito rapidamente.

Dona Mieko e Laís olharam uma para a outra com ar de felicidade e espanto.

— Uma fita de vídeo, vó!

Laís foi correndo até a sala colocar a fita no vídeo. Apertou o *play* e se afastou da tela, indo sentar-se no sofá. Dona Mieko chegou de mansinho e se sentou também, ao lado da neta.

As duas estavam com os olhos fixos na imagem, o coração batendo forte. Depois de quase três meses, Laís ia voltar a ver seus pais. Não era o mesmo que ter os pais ali de verdade, mas já era alguma coisa.

Sérgio e Ana Cláudia apareceram na tela.

— Oi, filha! — disse Ana Cláudia, sorrindo e dando um aceno com a mão.

Laís sorriu, assim como Dona Mieko, que se mostrou bastante emocionada ao ver a nora e o filho bem ali à sua frente.

Foi a vez do pai:

— Oi, Laís! Tô morrendo de saudade, menina! É duro ficar aqui sem você, sabia, filha?

Dona Mieko abraçou a neta. Laís não falou nada. Só olhou para ela, deu um suspiro e apertou os lábios.

Eles estavam em frente à casa em que viviam no Japão. Laís achou o lugar bonito. Ter uma casa assim era o sonho da mãe. O sonho que a levara para longe.

A fita durou quase uma hora. Sérgio e Ana Cláudia falaram muito, contaram como era a vida deles lá, o trabalho, o que faziam.

Falavam animados, comentavam a dificuldade com o idioma. Ana Cláudia até disse algumas palavras que já havia aprendido em japonês.

— É esquisito ver a minha mãe falando japonês — comentou Laís com a avó.

O casal dizia ainda que quase não havia divertimento para eles, mas que isso não fazia a menor diferença. Afinal, o objetivo de terem ido ao Japão era trabalhar, e era isso que estava em primeiro lugar. Não se esqueciam disso de modo algum.

No final, despediram-se, informando que a primeira remessa de dinheiro chegaria na semana seguinte, pelo banco.

— Aqui a gente troca o iene, a moeda japonesa, pelo dólar — explicava Sérgio — e, quando a gente deposita no banco, já chega aí pra vocês em real, a moeda brasileira. É tudo muito simples.

— Tá vendo, Laís? — falou Ana Cláudia. — O sacrifício já está valendo a pena. Logo, logo estaremos aí, com você.

— Nós te amamos, filha — tornou a falar o pai. — Fica com Deus.

Quando a imagem se apagou da tela, Dona Mieko olhou para a neta e perguntou:

— E aí, Laís? Deu pra matar um pouco a saudade?

Laís enxugou as lágrimas e disse:

— Ah, vó! Acho que fiquei com mais saudade ainda.

COM A CABEÇA NAS NUVENS

As férias de julho chegaram e também se foram num piscar de olhos. Na verdade, tudo para Laís parecia estar passando mais rápido, e isso ela realmente achava bom.

Às vezes, a garota ficava deprimida, chorava sozinha num canto. Às vezes, ficava bem, divertia-se com os amigos. Riam juntos.

Vítor continuava a olhá-la de um modo diferente, e a cada vez que Laís pegava Vítor encarando-a, ela ficava sem graça, sentindo um inexplicável friozinho na barriga. Inexplicável e gostoso. Aquela sensação a fazia tremer por dentro.

Mas isso ela não contava para ninguém. Nem para Luciana, que já tinha falado sobre esses olhares do amigo há algum tempo.

Estavam em agosto, já na segunda semana de aula. Os professores haviam voltado com toda a força, passavam trabalhos e mais trabalhos, redações, folhas de exercício para nota... A escola estava mesmo uma loucura.

Vítor parecia não estar no mesmo ritmo. De modo algum. Sua cabeça estava em outro lugar.

— O que você respondeu na nove? — perguntou Fernando a Vítor, referindo-se à folha de exercícios de História.

— Na nove?

— É, na nove.

— Não respondi ainda. Estou na quatro.

— Na quatro? Tá maluco, cara? Faltam cinco minutos para o sinal, e o professor vai recolher a folha de exercícios!

— Ah, tô meio sem cabeça pra me concentrar.

— Tô vendo mesmo. Você anda tão esquisito! Voltou pra escola mais quieto, caladão... O que é que tá pegando? Alguma coisa na sua casa?

— Na minha casa?

— É. Na sua casa. Aconteceu alguma coisa? Sua mãe anda pegando no seu pé?

— Não. Não aconteceu nada.

— Ah, bom! Eu, que moro sozinho com a minha mãe, sei bem o que é uma mãe quando inventa de ficar no pé da gente... O que é que você tem, então?

— Não é nada, Fernando.

Vítor olhou novamente para a carteira onde se sentava Laís. Ela estava de cabeça baixa, concentrada, fazendo o seu exercício.

— Deu o sinal, Vítor — era Fernando trazendo o amigo de volta à realidade. — E agora? Você deixou a sua folha toda incompleta!

— Agora eu falo com o professor e peço pra entregar a folha um outro dia. Vou fazer o quê?

O professor de História passou de carteira em carteira recolhendo as folhas de exercícios. Vítor combinou com ele que entregaria a sua, sem falta, no dia seguinte.

Laís saiu de sua carteira para ir ver se o professor da próxima aula já estava vindo. Vítor levantou-se do seu lugar e foi atrás dela. Heloísa percebeu. Assim que Vítor passou por ela, começou a levantar também. Luciana é que a segurou pelo braço.

— Deixa o Vítor conversar com ela, Helô.

Heloísa fez uma cara de quem achava um absurdo tal observação.

— E quem te disse que eu ia até a porta falar com os dois?

— Ah, não ia, não? Você ficou em cima dos dois as férias inteiras! Pensa que eu não percebi?

— Eu? Tá louca, Luciana?

Helô emburrou e voltou a se sentar. Luciana virou para trás e disse:

— Você tá a fim do Vítor, Helô?

— Eu?

— Tá parecendo.

— Claro que não! Só acho que ele anda paparicando demais a Laís por causa da tal viagem dos pais dela! Será que já não tava na hora de ele largar mão disso, não? Já faz tanto tempo!

— Poxa, Helô! Até outro dia você fazia o mesmo! Lembra? A gente ficou sentada na calçada, conversando, tentando achar um jeito de deixar a Laís mais animada... Você também.

— Tudo bem, a gente tava mesmo fazendo isso. Mas será que precisa ficar lá, indo a toda hora falar com ela em particular? Pô, Luciana! Com a gente nunca teve dessas frescuras! Tanto é que o Fernando não tá agindo assim como o Vítor, lambendo a Laís o tempo todo!

— Sabe, Helô, só uma coisa que eu não tô entendendo.

Heloísa fez cara de desprezo.

— Não tá entendendo o quê, Lu?

— Se você tá com ciúme do Vítor ou da Laís.

— Ciúme? Você tá muito enganada se pensa que eu tô com ciúme, viu, Luciana? Não tô com ciúme de ninguém, tá bom?

NA PORTA DA SALA DE AULA

— Tudo bem com você, Laís?

— Tudo, Vítor.

— Que bom! Eu estava espiando você da minha carteira e deu pra perceber. Tá com uma carinha alegre.

— Foi por isso que se atrasou tanto nos exercícios?

Vítor sentiu seu rosto ficar vermelho. Laís explicou:

— Vi você falando com o professor.

— Ah... É que eu não sabia umas questões...

— Fáceis daquele jeito, Vítor!

— Fáceis pra você, que é inteligente.

— Ah, Vítor! Deixa de ser bobo! Inteligente você também é.

Laís gostou de ouvir Vítor chamá-la de inteligente. Num outro dia ele dissera que ela era bonita.

O engraçado é que sempre foram tão amigos, e nunca haviam se elogiado assim. Ou, se haviam trocado elogios, o gesto havia ocorrido de uma forma tão natural que nem perceberam. Não como agora. Agora era diferente.

— Eu e o Fernando vamos ter um treino aqui na escola, logo mais à tarde — falou Vítor. — O professor marcou com a gente.

— Então não vamos jogar vôlei de novo. Nossa, Vítor, com tanta tarefa, com tanto trabalho, tá difícil de a gente marcar um joguinho.

— É... Sabe, Laís, eu estive pensando... O treino acaba umas cinco horas mais ou menos. Você vai fazer alguma coisa nessa hora?

— Não... que eu me lembre, não. Por quê?

— É que... eu queria falar com você. A gente podia se encontrar em frente à escola e depois sair pra tomar um sorvete. Como é? Topa?

Laís fez uma cara pensativa.

— O que você quer falar comigo, Vítor? Fala agora.

— Agora não dá, Laís. Queria conversar com você com calma, fora da escola. Não dá pra você ir?

Laís sorriu.

— Dá, sim, Vítor. Não tem problema.

— Legal! — falou todo animado. Já havia dado alguns passos quando se lembrou: — Ah! E você não tá esquecendo o jogo de sábado, né? Nossa classe vai jogar contra a sétima série do Colégio Assunção. É o primeiro jogo do campeonato.

— Claro que eu tö lembrando. Já combinei com a Lu e a Helô. Pode contar com a gente na torcida.

Os dois viram a professora de Matemática se aproximando e resolveram voltar para os seus lugares.

Heloísa não aguentou e perguntou a Laís:

— O que o Vítor falou pra você que ele saiu todo contente?

— Tava me vigiando, Helô?

— Eu? Claro que não! É que eu olhei bem nessa hora...

— Hã... O Vítor me convidou pra tomar um sorvete mais tarde.

— Sorvete? — Helô fez cara de pouco caso.

— Ele quer falar comigo.

Luciana entrou na conversa:

— Hum... o que será, hein, Laís? Você nem imagina? — Luciana falou isso com um sorrisinho no canto da boca, mas logo se arrependeu quando viu a cara da Heloísa.

— Ah, Luciana! Não é nada de mais.

— Então por que é que ele só convidou você? Por que não disse agora, na saída? — perguntou Heloísa.

— Ele também não disse que não é pra vocês irem comigo.

— Ah, Laís! Tá na cara que ele não quer falar com a gente também. Só um bobo não ia perceber.

Luciana, ao perceber que irritava Heloísa com suas conclusões, decidiu ajudar cortando o assunto de uma vez:

— Olha, Laís, é melhor você ir se encontrar com o Vítor sozinha, que a Helô vai à minha casa hoje à tarde pra tentarmos adiantar o trabalho de Ciências.

— Eu?!

— Isso mesmo, Helô — confirmou Luciana. — Você vai à minha casa hoje e tá acabado.

Laís deu risada. Era a primeira vez que via alguém mandando na Heloísa. E o fato de esse alguém ser a Luciana tornava a cena mais engraçada ainda.

HORA DO ALMOÇO

Laís voltou para casa e, assim que entrou, largou seu material em cima da cama e correu para a cozinha. A avó estava terminando de fritar uns bolinhos de arroz.

— Tô com uma fome, vó! — Laís avançou num dos bolinhos da tigela. — Hum! Isso aqui tá bom!

— Ainda bem que gostou.

— Eu gosto da sua comida, vó. E dos seus bolos! Vai fazer bolo hoje?

— Tenho dois pra fazer. São duas freguesas novas. Tenho que caprichar.

— Ah, vó! Você capricha sempre! Que diferença faz se é freguesa nova ou velha?

— É, eu sei — Dona Mieko deu um sorriso. — Capricho mesmo. Escuta, por que você não convida a sua turminha pra fazer um lanche aqui à tarde? Posso fazer mais um bolo...

Laís terminou de mastigar o bolinho e depois disse:

— Sabe, vó, eles são muito legais comigo.

— São seus amigos. Querem bem a você.

— Você tá certa, vó. Eles gostam um bocado de mim. E eu deles. Sabe que a mãe da Aninha vai fazer um churrasco no sábado e mandou me convidar?

— Ah, é?

— É... Poxa! — Laís de repente se lembrou. — No sábado! Não sei se vai dar, tem o jogo dos meninos. — Laís pegou mais um bolinho da tigela. — Será que até a mãe dela tá com pena de mim, vó?

Dona Mieko olhou para Laís com os olhos cheios de ternura e depois disse:

— Sabe, Laís, no fundo essas pessoas querem ajudá-la para que você não fique tão triste. Não é pena, é vontade de te deixar mais feliz, é isso.

— Eu já não tô assim tão triste, vó.

— Não?

— Quer dizer, tô triste, mas já tá doendo menos. Será que até com a tristeza a gente se acostuma?

— Pode ser, Laís. Mas o importante é que a vida continua, e nós temos que ser fortes para o que der e vier.

— Eu vou ser, vó. Eu vou ser.

— Que bom que já esteja pensando assim.

— Não tem outro jeito...

— E então? Vai chamar seus amigos?

Laís não respondeu. Sentou-se, colocou os cotovelos na mesa e ficou com o queixo apoiado nas mãos. A avó continuava a fritar os seus bolinhos.

Dona Mieko percebeu que a neta estava quieta demais.

— O que foi, Laís?

— Estava pensando... Você se lembra do que me disse uma vez, quando a gente tava conversando lá no meu quarto?

— Nós estamos sempre conversando no seu quarto, Laís!

— É aquilo que a gente falava sobre os adultos.

Dona Mieko ficou esperando Laís continuar.

— Você disse que adulto não tem só preocupação. Tem alegria também.

— E tem mesmo.

— O amor é uma delas, não é?

Dona Mieko já havia terminado de fritar os bolinhos. Pegou o prato e o guardou no forno para que os bolinhos não esfriassem. Puxou a cadeira e se sentou perto da neta.

— Sim, Laís. O amor é uma grande alegria. Mas não é alegria só de adulto, não. Quem disse que criança também não ama?

Laís fez uma cara de quem ficou confusa.

— Ama?

— E não? Uma criança não ama seus pais, seus irmãos, seus amigos, Laís?

— Ah... mas não é desse amor que eu estou falando — tentou explicar Laís. Depois de uma pausa, a garota continuou: — Vó, você acha que os sentimentos mudam?

— Tenho certeza de que mudam.

— Uma hora podemos sentir tristeza, depois raiva, depois tristeza de novo, depois saudade... tudo

pela mesma coisa? — Laís não deixou a avó responder.
— E amizade, vó? Pode virar amor?

— E já não existe amor na amizade?

Laís fez novamente uma cara de quem tinha ficado confusa.

— Pode sim, Laís. Por que está perguntando isso?

— Por nada.

— Nada?

— Só estava pensando...

— Pensando...

— Naquilo que eu falei que não queria me casar, ter filhos, que nem namorar eu ia...

— E daí?

— Daí que talvez eu tenha mudado de ideia.

TRABALHO DE ESCOLA

Heloísa não estava se concentrando nem um pouco na casa de Luciana. A amiga tivera que chamar sua atenção várias vezes para que ela a ajudasse a pesquisar o assunto determinado pelo professor de Ciências. Mais um trabalho para apresentar ainda naquele mês.

Havia uma pilha de livros em cima da cama e mais uma porção deles espalhada pelo chão.

Heloísa estava sentada em cima do seu caderno, com as costas apoiadas na cama de Luciana. Estava com o olhar longe, muito longe.

— Que foi, Helô? Fala pra mim, sou sua amiga! Eu nunca te vi desse jeito!

— Eu não tenho nada, Luciana.

— Você pensa que eu sou boba, Helô? Você tá assim por causa dessa história da Laís com o Vítor.

Heloísa virou-se imediatamente para a amiga e franziu as sobrancelhas.

— Que história?

— Essa história de eles andarem mais juntos. Pensa que eu não percebi?

— Ah, Luciana!

Heloísa se levantou do lugar em que estava e foi até o outro lado, onde havia na parede um grande espelho emoldurado. Ficou olhando para si mesma, mexendo nos cabelos, ajeitando a franjinha.

Luciana ficou no lugar em que estava, só observando a amiga.

— Você tá gostando do Vítor, Helô? Fala pra mim!

Heloísa já ia dizer: "Eu? Gostando do Vítor? Tá louca, Luciana?", quando Luciana pediu, antes que ela abrisse a boca:

— Fala a verdade. Sou sua amiga.

Heloísa olhou Luciana pelo espelho. Não teve coragem de se virar e encarar a amiga. Baixou os olhos e ficou por um instante desse jeito.

Luciana se levantou e foi até ela. Puxou a amiga para vir se sentar em sua cama.

— Tá gostando dele, Helô? — disse com uma voz tão calma e suave, que fez Heloísa ter realmente vontade de falar sobre o que sentia.

— Quer saber mesmo, Lu? Eu não sei.

— E por que você tá assim, então?

— Também não sei.

— Como não sabe, Helô?

— Não sabendo, ora! Não posso estar confusa? Só a Laís tem o direito de ficar confusa, chateada e sei lá mais o quê?

— O que é que tá acontecendo com você, Helô? Tá com ciúme da Laís? Ciúme porque o pessoal acabou dando mais atenção a ela do que a você?

— Eu? Ciúme da Laís?

— Ou é isso ou é porque tá a fim do Vítor. Um dos dois.

Heloísa ficou quieta, pensando. Nesse ponto, ela concordava, Luciana estava certa. Sentia ciúme, sim. Mas será que era só por causa do Vítor? Não seria porque a sua turma estava dando mais atenção à Laís, como a própria Luciana havia falado?

— Sabe, Lu, eu sempre tive tantos problemas... em casa, com a minha mãe, com o meu pai... e nunca ninguém ficou assim tão cheio de cuidados comigo como estão com a Laís — queixou-se Heloísa. Depois de uma pausa, ela continuou: — Acho que a Laís deve mesmo ser melhor do que eu em muitas coisas.

— Ah, Helô, não fala assim! Sabe que a gente gosta de você. Sempre que você tá chateada por causa de alguma coisa, procuramos ficar do seu lado também, dando uma força. Você tá sendo injusta, Helô. Agora, se você tá assim porque gosta do Vítor, aí é diferente.

— Por que diferente?

— Porque daí pelo menos eu posso entender. De repente os dois começam a namorar...

— Você acha que a Laís também tá a fim dele?

— Não sei, ela não me disse nada. Sempre que conversa comigo é pra falar alguma coisa dos pais. Uma hora diz que sente a falta deles, outra que já se acostumou... Não me disse nada sobre o Vítor.

— Mas você falou uma coisa certa: de repente os dois começam a namorar.

— E daí se namorarem?

— Daí, você ainda pergunta?

— É, o que é que tem?

— Daí, Lu, é que realmente a nossa turma nunca mais vai ser a mesma.

— Por quê, Helô? Por que você tem que pensar assim? Por que acha que tudo tem que mudar?

— Mas é claro que vai mudar, Luciana! Você parece que às vezes não enxerga as coisas! Vai mudar, sim! Pode perguntar pro Fernando, que é o melhor amigo do Vítor, se ele não concorda comigo.

— Você tá sendo egoísta e infantil, Helô.

— Eu? Infantil? E quem você pensa que é pra me passar sermão?

— Eu não tô passando sermão, Helô. Só tô tentando te ajudar. Se você não gosta do Vítor, eu não entendo por que tá agindo dessa forma.

Heloísa levantou-se da cama e deu de ombros.

— Vai ver é porque eu gosto, então.

NA SORVETERIA

Laís chegou à escola, e Vítor já estava à sua espera, ao portão. Ele havia dito a Fernando que não ia direto para casa e que ele poderia ir na frente. Não dissera que era com Laís que ele ia se encontrar. Simplesmente não tivera vontade de dizer.

Laís estava louca para saber o que Vítor queria lhe falar. Seu coração batia forte, acelerado, e, naquele momento, só Vítor ocupava o seu pensamento. E isso deixava Laís confusa. Nunca antes tinha se sentido assim. A verdade é que, nos últimos meses, não conseguia tirar Vítor da cabeça.

Enquanto tomavam sorvete, conversavam sobre vários assuntos. Inclusive sobre o excesso de trabalhos que tinham para fazer.

— Eu tô bem enrolado, Laís. Não sei se vou dar conta de fazer tudo. O Jorge já disse que, a partir da semana que vem, nós vamos treinar todos os dias. Tá ficando difícil.

— A gente ajuda você, Vítor. Não se preocupe.

— É, mas tô meio preocupado, sim. Minha cabeça não anda muito boa pra estudar.

— Mas por quê, Vítor? Vai me dizer que tá com problemas na sua casa!

— Não é isso.

— Sabe, Vítor. Sempre achei você um cara de sorte.

— Por quê?

— Bom, você não tem problemas em casa como a gente. Quando eu digo a gente, tô querendo dizer Heloísa, Luciana... e eu.

— Mas você já não superou tudo isso, Laís?

— Hum... mais ou menos, Vítor. Mais ou menos.

— Achei que você já estivesse melhor.

— E estou. Mas às vezes tenho umas recaídas, sabe? Não me conformo, fico triste... essas coisas.

— Ainda não aceitou o que eles fizeram?

— É. Acho que é isso. Eu não concordo com a ideia de que, por amar alguém, você tenha que deixar essa pessoa por dois anos em nome de um futuro melhor para todos. Ninguém conhece o futuro, Vítor. Ninguém.

— Isso é verdade.

— Talvez um dia meu pai e minha mãe pensem dessa forma. Por enquanto, aquele é o jeito de pensar deles. Mas não é o *meu*.

— É, talvez um dia eles mudem de opinião, achem que as coisas poderiam ter sido diferentes... vai saber...

— Sabe, Vítor, meu avô me falou que, com os imigrantes japoneses, aconteceu quase a mesma coisa. Vieram para o Brasil, deixando parentes, a terra natal, tudo, em busca de uma vida melhor, em busca de riqueza. Mas será que valeu mesmo a pena? Veja o meu avô. Ele não ficou rico, nem nada. Até hoje trabalha bastante. Ele e a minha avó. É claro que hoje são felizes, não tenho nem sombra de dúvida disso. Mas quem garante ao meu pai que ele e a minha mãe vão conseguir *bastante* dinheiro lá no Japão do jeito que pensam?

— Quanto a isso você tem razão.

— Eu tenho razão, sim. E não estou falando agora com o coração. Estou apenas raciocinando. Será que, no final das contas, tanto sacrifício vai valer a pena? Será que não dava pra tentar melhorar a vida aqui mesmo no Brasil, perto de mim?

— É, Laís. Mas numa coisa eles estão certos. A situação aqui não tá nada fácil. Meus pais, graças a Deus, trabalham e têm até bons empregos, mas quanta gente há por aí que não tem?

— Nem por isso eles arrumam as malas e saem do país, deixando o filho aqui.

Vítor sentiu uma pontinha de mágoa naquelas palavras.

— Você ainda está muito magoada, né, Laís?

— Não sei, Vítor. Como eu falei, eu já estive, sim. Senti até muita raiva. Mas estou tentando compreender, crescer nesse mundo adulto do qual logo, logo, vamos fazer parte. Eu, você, o Fernando, a Helô, a Luciana e todo o mundo.

— Laís... eu estou gostando de você.

Laís arregalou os olhos e encostou-se na cadeira.

Não esperava por aquela frase assim, à queima-roupa. Na verdade, esperava, sim. Sabia que Vítor estava diferente, que seu olhar mostrava um outro Vítor. Não era mais aquele que brincava na rua, jogava vôlei, contava piadas. Era um Vítor diferente. Será que ele também estava crescendo como ela?

DEPOIS DO SUSTO

— O que foi que você disse, Vítor?

— O que você ouviu, Laís.

— Mas... eu também gosto de você, Vítor! A gente já se conhece há tanto tempo, desde a terceira...

— Não é de gostar desse jeito que eu estou falando, Laís. É de um gostar diferente. Sei lá! Não me pergunte como começou. Também fiquei pensando que a gente já se conhece há um tempão e por que, só agora, eu estava com isso na cabeça. Mas a verdade é que eu não consigo tirar você do meu pensamento, Laís.

— Eu também ando me sentindo assim, Vítor. Mas só não me pergunte por quê. Ainda não posso lhe explicar.

— Laís...

— O quê, Vítor?

— Você quer namorar comigo?

Laís ia falar que não sabia, que precisava pensar, quando Vítor chegou mais perto e a beijou. Seu coração acelerou, parecia que ia explodir, sair do peito. Mas era uma sensação tão gostosa que não se importava se ela inteira fosse explodir em mil pedacinhos.

Os olhos fechados, a cabeça pensando em tanta coisa ao mesmo tempo! Como era bom ter Vítor ali perto, aquele rosto tão macio colado junto ao seu! Era bom, tudo era muito bom, mas mesmo assim não deixava de se sentir confusa.

Vítor havia lhe falado em namorar, sem antes nunca ao menos terem "ficado". Laís realmente não sabia o que lhe dizer. Ele era o primeiro menino que a beijara. E isso acontecera justamente com Vítor, que ela achava que seria seu amigo para sempre. Ele e Fernando.

Os cinco eram tão amigos! O que teria acontecido para um se sentir de repente tão atraído pelo outro? Com vontade de se abraçarem, de se beijarem... Isso, Laís não sabia responder.

Vítor abriu os olhos e olhou para Laís. Os olhos dela, tão bonitos, redondinhos, miravam bem dentro dos seus.

— Eu tô gostando muito de você, Laís.

— Sempre fomos amigos, Vítor.

— E daí? Não é só amizade que eu quero ter com você daqui pra frente.

— Eu não sei, preciso pensar. Acho que não me sinto preparada pra namorar alguém neste momento. Não com tudo o que anda acontecendo...

— E o que uma coisa tem a ver com a outra? Vai querer esperar seu pai e sua mãe voltarem do Japão pra namorar alguém?

— Não, não é isso, Vítor. É que eu tô bastante confusa. A gente pode voltar a conversar sobre isso em outro dia?

— Eu acharia melhor a gente dizer com sinceridade o que realmente tá sentindo um pelo outro. Agora, Laís.

Laís ficou em silêncio.

— Eu também fiquei meio confuso no começo — confessou Vítor. O garoto fez uma pausa e continuou:

— Achei estranho, afinal, você era uma das minhas melhores amigas.

— Era?

— O meu desejo é que você passe de melhor amiga a namorada.

— Ah, Vítor! — falou Laís, dando um sorriso. Sentindo Laís menos tensa, aproveitou para pegar em sua mão.

— Fala o que você sente, Laís — pediu o rapaz, carinhosamente.

— Ah, Vítor... Falar sobre o que a gente sente... Com os meus pais isso foi tão difícil... Eles sempre tiveram dificuldade em demonstrar o que realmente sentem. Quer dizer, minha mãe nem tanto, mas o meu pai... Você sabia, Vítor, que a única vez na minha vida em que vi meu pai chorar foi no aeroporto?

— E porque seus pais são de um jeito você quer ser desse jeito também? Não acabou de falar, toda cheia de razão, que ninguém é obrigado a pensar como o outro? Nem que esse outro sejam nossos pais?

— Falei, Vítor — ela teve que concordar.

— Então?

— É que naquela hora eu estava raciocinando.

— E o que impede você de raciocinar agora?

— Você pensa que é tão simples pra mim?

Laís tirou a sua mão da dele e disse:

— Deixe as coisas acontecerem naturalmente, Vítor! Não vou conseguir lidar com tanta coisa ao mesmo tempo. Eu já lhe disse, Vítor, que, de uns tempos pra cá, também ando me sentindo diferente em relação a você. Mas não sei direito o que é, se é amizade, atração... De repente, você não era mais só aquele menino que brincava comigo na rua, jogando vôlei... comecei a ver você com outros olhos. Algumas vezes pensei que era isso mesmo, só uma atração.

— Pra mim não é só isso, Laís. Eu tenho certeza.

— Mas eu não, Vítor. Acho que eu tô mesmo é precisando de um tempo pra fazer uma arrumação aqui dentro. A gente conversa sobre isso depois.

Vítor se aproximou mais de Laís. Chegou bem pertinho do seu rosto, olhou em seus olhos e disse, com a voz baixa, quase um sussurro.

— Você promete?

De novo aquele friozinho, uma vontade louca de lhe dar um beijo outra vez, de não resistir, não se importar com mais nada.

Queria lhe dizer que prometia, queria poder até lhe falar mais coisas, mas não conseguiu. Algo muito mais forte tomou conta de Laís. Não queria falar, nem pensar em mais nada. Apenas queria sentir. Só queria ficar com Vítor. Só isso.

VISITA SURPRESA

— Tem uma menina aí fora querendo falar com você, Helô!

Heloísa fora para o seu quarto assim que chegara da casa de Luciana. Estava com uma carinha um pouco deprimida, mas, quando a mãe lhe perguntou o que havia acontecido, Heloísa simplesmente respondeu que estava com um pouco de dor de cabeça, não tinha vontade de conversar. Na verdade, ela queria ficar sozinha, pensar em tudo o que estava mexendo com ela, no que Luciana lhe havia falado, enfim, gostaria de tentar colocar a sua cabeça em ordem.

— Quem é, mãe?

— É melhor você ver pessoalmente.

Heloísa estranhou o jeito misterioso da mãe, mas assim mesmo se levantou e foi até a sala. Teve uma surpresa assim que chegou.

— Juliana?

— Oi, Helô! Posso falar um pouquinho com você?

Heloísa estranhou a visita da garota. Coisa boa, logo pensou, não podia ser.

Ultimamente, Heloísa havia notado que Juliana queria porque queria chamar a sua atenção. Já haviam sido mais amigas antes, mas Helô percebera que ela não era o tipo de menina que merecia a sua amizade.

Juliana vivia arrumando confusão e intrigas entre as colegas. Quando Laís e Luciana entraram para a sua classe, ainda na quinta série, simplesmente Heloísa deixara Juliana de lado. Ao grupo das três se juntaram Fernando e Vítor, que já estudavam antes com Laís. De lá para cá, eles foram se unindo cada vez mais.

Heloísa olhou bem a garota parada à sua frente.

— Fala, Juliana. O que foi desta vez?

— Ah... Sabe, Helô, eu sempre achei você legal...

— Tá, só que você já me colocou em fria um monte de vezes — falou, sem se deixar levar pela fala mansa da garota. — Pensa que eu tenho memória curta?

— Mas não fui eu, Helô! Tudo o que o pessoal da classe fala você acredita, poxa!

— Você sabe muito bem que eu já fui até parar na diretoria por sua causa. A minha mãe quase me matou. E tudo porque você inventou que eu andei espalhando aquelas histórias da Carla. Você se lembra da confusão que deu? Até a mãe da menina foi conversar com a diretora! Deu o maior rolo!

— Eu sei, Helô. Não precisa ficar repetindo essa história de novo. Mas eu já disse pra você que não fui eu quem falou pra diretora. Você não acredita!

— Olha, Juliana, quer saber? Isso é coisa que aconteceu já há um tempão e eu nem tava me lembrando mais. Mas por que você veio aqui falar sobre isso? Não quero nem saber, tá bom?

— Mas eu não vim aqui pra falar sobre isso, não, Helô. Eu vim aqui porque quero provar pra você que sou sua amiga de verdade. Que você pode voltar a confiar em mim, como antes.

Heloísa olhou para Juliana com cara de quem não estava acreditando numa só palavra. Para falar bem a verdade, ela não estava nem um pouquinho interessada em saber se a Juliana era ou não sua amiga.

Como Heloísa não dizia nada e não desmanchava a cara de pouco caso, ela resolveu falar:

— Você confia tanto na Laís, né, Helô? Até na Luciana... — Juliana parou um pouco de falar, esperou um instante e continuou: — A Luciana é mesmo uma mosca-morta, agora a Laís... Você devia escolher melhor em quem confiar.

— Olha aqui, Juliana, você veio até a minha casa pra falar mal da minha melhor amiga?

— Melhor amiga? E melhor amiga trai a outra, é?

— Do que é que você tá falando, hein, Juliana? Veio aqui pra fazer mais uma fofoca, foi?

— Não é fofoca. Você é que anda cega, Helô. Será que não percebe?

— Cega? Cega, por quê?

— Porque a Laís tá dando em cima do menino de que você gosta!

— Eu? Quem é que disse que eu gosto de algum menino? Ficou boba, Juliana?

— Ah, Helô! Pensa que eu não sei que você gosta do Vítor?

— Eu? Há! Ficou boba mesmo!

— Faz tempo que eu a vejo olhando pra ele de um jeito diferente. Você se lembra de quando a gente era mais amiga e você gostava do Marquinhos? Me contava tudo!

— Com o Marquinhos a história era outra. Não sei por que você tá comparando.

— Eu sei que você gosta dele.

— Não gosto! Mas que coisa! Eu vou entrar, Juliana. Não tenho mais nada pra falar com você.

Heloísa já tinha dado as costas para Juliana quando escutou:

— Sabe onde a Laís tá agora? Bom, pelo menos estava até quinze minutos atrás.

Heloísa virou-se para a garota, mas não disse nada.

— Ela e o Vítor estavam tomando sorvete no maior clima de romance. Precisava ver... Qualquer bobo percebia...

Heloísa não falou nada. Juliana continuou:

— É isso mesmo. O Vítor e a Laís. Os dois tomando sorvete, sentados grudadinhos um no outro. Eu vi, Helô. Ninguém me contou nada, não.

Heloísa resolveu virar as costas e deixar Juliana falando sozinha. Bateu a porta da sala e foi para o seu quarto. Sua mãe se assustou com o barulho.

— O que aconteceu, Helô?

— Nada, mãe. Eu quero ficar sozinha.

NO SILÊNCIO DO QUARTO

Laís escutou uma batida de leve na porta.

— Posso entrar?

Viu metade do corpo da avó dentro do seu quarto e metade fora.

— Claro, vó.

A avó entrou e fechou a porta. Laís estava na cama. Dona Mieko chegou mais perto e se sentou ao seu lado.

— Aconteceu alguma coisa, Laís? Alguém brigou com você ou falou algo que a magoou?

— Magoou? — Laís balançou a cabeça. — Não, vó. Ninguém me magoou, não.

— Ah, bom! É que você chegou da rua de cabeça baixa, murchinha, parecia que tinha escutado alguma coisa de que não tinha gostado.

— Imagine, vó! Eu até que gostei, sim. Só que essa coisa que eu escutei me deixou confusa. Será que essas confusões na minha vida não vão nunca ter fim?

— Por quê, Laís? O que aconteceu pra você ficar assim?

Em vez de responder, Laís perguntou:

— Vó, como foi que você conheceu o vô? Foi no Japão?

— No Japão? Não, não. Foi aqui mesmo no Brasil. Nossos pais trabalhavam juntos e a gente acabou se conhecendo. As famílias se tornaram amigas, entende?

— E vocês eram amigos? Você e o vô?

— Éramos sim. Quer dizer, somos até hoje, né, Laís!

— E como é que vocês descobriram que gostavam um do outro? Quer dizer, que gostavam, mas não como amigos?

— Não sei bem contar pra você como descobrimos. Acho que foi porque não queríamos mais ficar um longe do outro. E a gente se dava tão bem...

— Mas não podiam se dar bem sendo só amigos?

— Poder podia. Mas a gente não queria.

— Nenhum de vocês dois?

— Nenhum. Ele queria ser meu namorado e eu também queria ser namorada dele, entendeu?

— Entendi. É que, sei lá, vó! Amizade, namoro... fica difícil saber quando a gente quer um ou quando quer o outro.

— Na hora certa você vai saber, Laís.

— Será, vó?

— Claro! Foi assim comigo e com seu avô e com mais uma porção de pessoas. Um dia a gente cresce, escolhe alguém pra namorar, casar, ter filhos... todas aquelas coisas que você jurou pra mim no outro dia que não queria nem saber...

Laís deu um sorriso.

— Ah, vó! Criancice minha. Já passou.

— Você anda pensando em namorar alguém, Laís?

— Eu?

— É. Você. Anda?

— Não sei. Alguém é que anda pensando em me namorar.

— E você?

— Não falei nada. Sabe, vó, ele é meu amigo. Tenho medo de que ele esteja confundindo as coisas. Até eu mesma...

— Só o tempo vai dizer se é isso mesmo ou não, Laís.

— Engraçado, vó...

— O quê, Laís?

— Achei que você ia me dar a maior bronca por causa dessa história.

— Porque alguém está querendo namorar você, que não sabe se deve aceitar ou não?

— É.

— E você acha que eu devia dar uma bronca em você porque está sendo sincera comigo? Porque está abrindo o seu coração?

— Ah, vó! É que... sei lá! A gente tem medo de conversar certas coisas... não dá pra saber qual vai ser a reação dos pais... no caso, da avó...

— A conversa é a melhor coisa que existe, Laís. Mostra que está havendo confiança, respeito...

— É verdade, vó. E eu confio em você.

— Que bom, Laís! Eu também confio muito em você.

PROBLEMAS COM HELÔ

Assim que Heloísa chegou à escola no dia seguinte, Juliana foi procurá-la para conversar, mas levou um enorme chega-pra-lá.

— Como você é mal-agradecida, Helô! Só falei aquilo pra abrir seus olhos e provar que eu é que sou sua amiga!

— Não quero amigas feito você, eu já disse.

— Ah, é? Quer saber, Helô! É bem feito pra você o que tá acontecendo. Tomara que você fique sozinha, sem nenhum amigo, viu?

— Não enche, Juliana! E some logo da minha frente!

Laís e Luciana viram de longe, no pátio, Heloísa e Juliana discutindo.

— Xi... Elas tão brigando... — falou Luciana.

— O que será, hein, Lu? Em tudo o que a Juliana se mete acaba virando confusão. Vamos lá.

As duas se aproximaram de Heloísa, que olhou para Laís com raiva.

— O que aconteceu, Helô? — perguntou Luciana. — Você brigou com a Juliana? O que foi que ela disse?

Heloísa olhou para Laís e falou:

— Você ficou com o Vítor, Laís?

Laís se assustou com a pergunta. Será que Luciana já havia contado para ela? Ela mal acabara de falar com a amiga que tinha "ficado" com Vítor e que ele a havia pedido em namoro!

— Quem lhe contou?

— A Juliana.

— A Juliana? Mas como é que ela soube?

— Ela viu vocês dois na sorveteria e correu até minha casa pra me contar.

— Mas a Juliana não vale nada mesmo! Aquela menina só faz fofoca! — desabafou Luciana.

— Vocês vão ficar de novo? — perguntou Helô.

— Ele quer namorar comigo — disse Laís.

— Então é sério mesmo?

— Eu ainda não disse se queria.

Luciana ficou olhando para as duas. Ela não havia comentado com Laís aquela conversa que tivera com Heloísa em sua casa. Preferia que Heloísa dissesse alguma coisa. E ela falou mesmo.

— Acho que, se você namorar o Vítor, nossa turma nunca mais vai ser a mesma.

— Helô! — repreendeu Luciana. — Vai começar com essa história outra vez?

Laís fez cara de espanto.

— Por que outra vez? Vocês já andaram conversando sobre isso? Andaram falando de mim e do Vítor? Quando?

Luciana e Heloísa ficaram em silêncio. Laís insistiu:

— O que é que vocês falaram?

Heloísa resolveu abrir o jogo:

— Olha, Laís, faz tempo que nós estamos percebendo que o Vítor tá a fim de você. E você dele, não se faça de boba.

— Eu? Mas quem você pensa que é pra ficar falando o que eu sinto ou deixo de sentir?

— Claro que você tá a fim dele. Tá na cara! Fica aí, fazendo charme, nem conta nada pra gente... Daqui a pouco o Fernando também vai estar todo derretido por sua causa, de tanto doce que você faz.

— Heloísa! — Laís gritou.

— Vai com calma, Helô! — pediu Luciana.

— Ah, é isso mesmo! Tô cheia de tudo! Todo o mundo paparica você, como se você fosse a única no mundo a ter problemas! A única!

Heloísa virou as costas e deixou as duas para trás. Estava tão brava que não procurou nem uma nem a outra durante o recreio.

O JOGO DO SÁBADO

Vítor ficou chateado quando olhou para a arquibancada e viu que Laís não estava.

— Por que será que aquelas três não vieram, Vítor? — perguntou Fernando, no intervalo do primeiro tempo do jogo. — Pô! Nosso primeiro jogo! Das meninas da classe eu só vi a Juliana, a Cris, a Aninha e a Marcela. Só os meninos vieram em peso.

Vítor deu mais uma olhada para a arquibancada. Os amigos da sua classe estavam todos juntos, conversando animadamente. Juliana ainda deu um grande sorriso e acenou, assim que percebeu que Vítor estava olhando.

— Não sei por que elas não vieram, Fernando. A Laís me disse que viria. Agora nem a Luciana, nem a Helô... —Vítor parou de falar. Virou a garrafa de água e tomou um grande gole.

— Xi... será que aconteceu alguma coisa? Ontem no recreio nem deu pra gente conversar direito com elas.

— Eu vou contar uma coisa pra você, Fernando. — Vítor passou o braço pelo rosto, a fim de enxugar o suor de sua testa. — Eu pedi a Laís em namoro.

— Verdade? — Fernando fez cara de espanto. Tomou a garrafa das mãos do amigo e bebeu um pouco de água também. Depois continuou: — Sabe que eu bem que achei que você andava meio diferente? Por que não me falou antes?

— Não sei. Não me deu vontade de ficar falando, não. Acho que eu queria antes ter certeza de que estava mesmo gostando dela.

— E agora você tem?

— Tenho. Eu gosto mesmo da Laís. Quero namorar com ela.

— Legal, Vítor! E ela? Topou?

— Ainda não. Quis um tempo pra pensar. Disse que tá muito confusa com tudo isso que andou acontecendo na vida dela. Você sabe, aquela história da viagem dos pais.

— Hã... Sabe, eu acho que a Laís devia parar de ficar pensando tanto nesses problemas. Tem hora que ela cansa a gente com essa história.

— Pô, Fernando! Você tem que ver que pra ela foi muito difícil! Foi um choque...

— Olha, Vítor, meu pai deixou minha mãe eu não tinha nem dois anos. Nunca mais deu notícia e nem por isso eu fico aí falando dos meus problemas a toda hora. Se fosse assim, Vítor, vocês iam ficar bem cheios de mim em muito pouco tempo.

— Mas é diferente, Fernando. Você cresceu só com a sua mãe, nem se lembra do seu pai. Você acabou se acostumando a viver só com ela. Já a Laís ficou sem os pais de repente, tendo que ir morar com os avós. Eu entendo o que a Laís tá sentindo.

— Tá, mas ela devia pensar que tudo o que eles estão fazendo é pro bem dela mesma. Eu entendo os pais dela, sabe? Acho que eles têm mais é que fazer isso mesmo. Estão certíssimos.

O professor Jorge chamou os dois garotos. Faltavam poucos instantes para o reinício do jogo, e ele queria conversar com o time. A sétima série de Vítor e Fernando estava ganhando de dois a um.

A torcida havia se inflamado outra vez. Comemorava a vitória do primeiro tempo e agora gritava, pedindo mais gols.

— Vamos lá, pessoal! — disse um dos garotos. — Vamos ganhar esse jogo!

O time olhou para a arquibancada e fez sinal de positivo.

O juiz apitou para começar o segundo tempo. Vítor, antes de se posicionar em campo, disse a Fernando:

— Será que a Laís vai querer mesmo namorar comigo?

CONVERSA PELO TELEFONE

— Fala, Vítor.

— Por que você não foi ao jogo, Laís? Você não disse que ia?

— Ah... — disse, num tom de desânimo. Depois perguntou, procurando se mostrar um pouco animada: — E aí? Ganharam?

— Ganhamos. Quatro a dois.

— Legal, Vítor. Parabéns.

— Você não disse que ia, Laís? — Vítor insistiu.

— Disse, Vítor, mas... você nem imagina o que aconteceu...

— Então conta.

— Eu e a Helô brigamos ontem.

— Brigaram? Mas por que brigaram?

— A Juliana foi contar pra ela que viu nós dois na sorveteria.

— E daí? Ela brigou com você por causa disso?

— Não sei se foi só por causa disso. A Helô anda muito estranha ultimamente. A Luciana me disse que ela tá meio deprimida...

— Por causa do pai dela?

— Pode ser que ela esteja gostando de você, Vítor. A Luciana acha isso.

— De mim? Você tá maluca. Não tenho nada com a Helô. Nós somos só amigos.

— É, mas ela tá com ciúme.

— Só se estiver com ciúme de você. Vai ver tá com medo de perder a melhor amiga.

— Será?

— É isso, sim. Nunca tive nada com ela. Nem vou ter, Laís. É você que eu quero namorar, entendeu? É de você que eu gosto.

— É, mas, se ela estiver gostando de você...

— Eu quero namorar você, Laís — repetiu Vítor. — Você me entendeu bem?

— Entendi, Vítor.

— Amanhã é domingo. Que tal a gente marcar um jogo de vôlei de manhã? Você topa? O Fernando disse que por ele tudo bem.

— Olha, Vítor, a Helô não vai querer, ela tá chateada. E eu também não tô com pique pra jogar nada.

— Xi, mas que desânimo, Laís!

— Não sei como vai ser daqui pra frente.

— Não precisa mudar nada.

— Sabe, Vítor, a Helô falou uma coisa... acho que eu concordo com ela.

— Que coisa?

— Que a nossa turma nunca mais vai ser a mesma.

A TURMA FICOU DIFERENTE

Por uns tempos, Heloísa acabou se distanciando um pouco de Laís e Luciana. Conversavam, faziam trabalhos quando a professora pedia, mas nunca mais ficaram tão juntas, nem se divertiram no recreio ou jogaram vôlei na rua.

Heloísa também não quis saber de Juliana, que, a cada instante, vinha lhe oferecer a sua amizade. O fato é que Heloísa achava que Juliana não era amiga de ninguém de verdade. Apenas queria ficar por perto de quem lhe interessava no momento. Só isso.

Certa manhã, Laís não foi à escola. Havia pegado um resfriado danado e estava se sentindo muito mal. Sua avó achou melhor que ela faltasse. Laís concordou.

Luciana aproveitou-se da ausência da amiga e foi chamar Helô pra conversar.

— Você bem que podia ficar com a gente de novo, né, Helô! Eu e a Laís sentimos muito a sua falta.

— Eu também sinto falta de vocês.

— Então? Por que não fica mais com a gente?

— Achei que a Laís não quisesse.

— A Laís? Poxa, Helô, que injustiça! Até agora ela nem deu a resposta pro Vítor por sua causa, sabia?

Heloísa deu de ombros. Bem que desconfiava que os dois não estavam mesmo namorando. Via Laís e Vítor conversando de vez em quando, como sempre fizeram. Não os via abraçados, se beijando, nada disso.

Só que Vítor também havia se distanciado de Heloísa. Os dois se cumprimentavam, conversavam o essencial e era só.

Se havia ficado esquisito conversar com Laís, com Vítor mais ainda. E não era isso que a garota queria, e estava muito triste.

Ficava se lembrando da turma, de como era gostoso desde a quinta série. Todos na mesma classe, um morando tão perto do outro.

Mas agora a turma estava simplesmente dividida. Ficavam separados. Laís ficava com Luciana; Heloísa com mais outras duas amigas da classe, e Fernando e Vítor em outro lado.

Heloísa sentia saudade de como era tudo antes.

O pior é que não sabia se gostava mesmo de Vítor como pensava. Nem conversava mais direito com ele! Parecia que a amizade dos dois havia esfriado.

Heloísa estava confusa também. Não era só Laís. Tudo estava ficando muito estranho. Começou a pensar na conversa que havia tido com Luciana. Talvez ela tivesse mesmo razão. Sentia tanto medo de perder a sua melhor amiga, medo de que as coisas mudassem, que acabou ela mesma estragando tudo.

— Volta a ficar com a gente, Helô! Você tá fazendo tanta falta!

— Vocês também, Luciana. Vocês também.

DEPOIS DO JANTAR

Heloísa terminou o seu jantar depois de sua mãe. A menina ficou olhando-a tirar da mesa o próprio prato e os talheres e colocá-los dentro da pia. A mãe passou perto de Heloísa e recomendou:

— Não se esqueça de fazer o mesmo, tá bom?

Heloísa balançou a cabeça em sentido afirmativo e acompanhou sua mãe com os olhos. Viu quando ela se jogou no sofá e pegou o controle remoto para ligar a tevê.

Comeu mais um bocado sem muita vontade e fez o que a mãe lhe pedira. Depois, foi até a sala e se sentou no outro sofá. Estava com uma carinha desanimada.

A mãe de Heloísa deu uma olhadela para a filha e depois perguntou, voltando sua atenção novamente para o programa de tevê:

— O que foi, Helô?

Heloísa não respondeu. A mãe olhou para ela e refez a pergunta:

— O que foi, filha?

— Tava só pensando, mãe.

— Em quê?

— Por que você e o meu pai se separaram?

— Nossa, Helô! Faz tanto tempo! Eu já expliquei isso pra você.

— Explica de novo.

— Ah, filha! A gente não se gostava mais, já falei isso.

— E vocês se gostavam antes?

— É claro que sim!

— E por que você começou a achar que não gostava mais dele?

A mãe de Heloísa apertou um dos botões do controle remoto e desligou a televisão.

— A gente brigava muito, Helô. Eu não queria mais ficar com ele. Nem ele comigo.

— E se você não tivesse brigado? Poderia ter deixado de gostar do mesmo jeito?

— Sei lá. Acho que sim. Mas por que você está me perguntando isso, filha?

— Por nada.

— Você tá gostando de alguém?

— Não sei. Talvez esteja deixando de gostar.

— Às vezes isso acontece.

— Assim como aconteceu com você e o meu pai?

— É.

— Eu queria ter mais certeza das coisas. Às vezes acho que não sei de nada, nem o que tô sentindo.

A mãe de Heloísa a abraçou, fazendo a garota deitar a cabeça em seu ombro. Ficou um tempo passando a mão pelo cabelo da filha, ajeitando alguns fiozinhos atrás da orelha. Depois, ergueu o rosto dela com as duas mãos e disse:

— Às vezes isso acontece comigo também, filha. Acho mesmo que deve acontecer com todo o mundo.

ACERTANDO OS PONTOS

Heloísa demorou um pouco para pegar no sono. Ficou bastante tempo conversando com a mãe na sala e achou que isso havia sido bom.

Nem se lembrava mais da última vez que haviam ficado assim, sentadas bem junto uma da outra, conversando. Muitas vezes era sobre o pai que conversavam. O porquê de ele não ter aparecido, dar as mesmas desculpas de sempre, que teve um encontro de última hora ou que precisou viajar a serviço... "Fica para a semana que vem, filha", dizia ele, e a mãe tentava consolá-la, chamando-a para tomar um sorvete, ou ir ao parquinho perto da sua casa. Depois, com o passar do tempo, a mãe só lhe dizia: "Não fique assim, não, Helô. Seu pai é assim mesmo. Não tem jeito".

Só que agora era diferente. Heloísa não estava triste por causa do pai e a mãe não estava conversando com ela por causa desse problema, como das outras vezes.

Estavam falando sobre elas mesmas, sobre gostar, não gostar, sobre amizade, amor.

No dia seguinte, Heloísa acordou pensando em tudo isso. Não se sentia mais triste. Estava bem, com uma grande vontade de procurar Laís para conversarem. Estava com saudades. Laís era a sua melhor amiga.

Quando chegou à escola e viu Luciana e Laís entrando na classe, foi logo chamando:

— Laís!

As duas olharam. Pararam no lugar onde estavam e esperaram Heloísa alcançá-las. Deram um sorriso quando ela se aproximou.

— Oi, Laís. Oi, Lu.

— Oi — elas disseram.

— Posso falar um pouquinho com você, Laís?

— Claro que pode, Helô.

— Olha, eu vou entrar — avisou Luciana.

— Você não precisa ir embora, Lu — falou Heloísa.

— Eu sei. Mas acho que agora vocês duas precisam conversar sozinhas.

Heloísa e Laís ficaram olhando para Luciana até ela entrar na sala de aula. Ficaram ainda caladas por alguns instantes.

Laís ficou pensando por que as situações às vezes tomavam um rumo tão diferente do que se havia planejado. Cada vez mais pensava que nem sempre as coisas aconteciam do jeito que se queria, do jeito que se havia imaginado.

Como agora, que entre ela e Heloísa tudo havia ficado tão diferente. Não poderia há algum tempo imaginar que a amizade das duas pudesse esfriar, que pudessem se distanciar uma da outra.

Tanta coisa havia se modificado nesses últimos meses! Os pais longe, sua nova vida com os avós, Vítor, que queria namorar, sua melhor amiga, que havia ficado distante... tanta coisa!

Mas eram situações que teria de aprender a resolver. Tudo. Sozinha. Escolhendo o melhor caminho, entendendo o que seria melhor para ela mesma.

— Eu tô sentindo muita falta da nossa turma, Laís. Tudo ficou tão diferente...

— Eu também acho.

— Por quê, Laís? Era tudo tão bom, tão gostoso...

— Talvez seja por causa do Vítor.

— Não sei se é só por causa do Vítor. Tudo foi acontecendo de um jeito...

— Mas você se afastou depois que eu lhe contei que o Vítor queria me namorar. Fala a verdade, Helô. Você gosta mesmo do Vítor?

— E você? Gosta?

— Não sei. Gostei de ter ficado com ele. Nunca havia ficado com ninguém, você sabe. Foi bom, sim, não posso negar. Você ainda tá brava comigo por causa disso?

— Acho que senti ciúme de vocês dois.

— Do Vítor, você quer dizer.

— Não, de vocês dois mesmo. Eu não queria que vocês ficassem juntos e fizessem a nossa turma mudar. A Luciana acha que sou egoísta.

— Não acho isso, não, Helô. Aliás, quem sou eu pra achar. O que mais tenho escutado ultimamente é que não posso ser egoísta, que tenho de respeitar a escolha dos meus pais, etc., etc., etc. Eu não posso julgar você, Helô, por tudo aquilo que sentiu. Ou sente...

— Sabe o que acho mesmo, Laís? Que as pessoas ficam o tempo todo cobrando que a gente sinta isso, faça aquilo, não sinta isso, não faça aquilo... Poxa! Acho que a gente é um ser humano acima de qualquer coisa! Temos todo o direito de sentirmos o que quisermos. Que droga! Não quero ter um comportamento perfeito pra agradar todo o mundo! Não quero! Quero ser eu mesma, Laís. Não importa o que os outros pensem.

— Você tá certa, Helô. Acho que cobram muito da gente, mesmo. Não temos que nos comportar só pra agradar os outros. Posso sentir raiva, sim, tristeza, alegria, ciúme... o que é que tem de mais? Minha avó e meu avô vivem me falando: "procura entender, Laís, procura compreender os seus pais...". Às vezes isso cansa.

— É que eles não querem que você sofra e acreditam que, se você procurar compreender seus pais, vai sofrer menos. Ou pelo menos vai se acostumar com a ausência deles.

— E você, por acaso se acostumou? Não sente falta do seu pai?

Heloísa não respondeu. Em vez disso, falou:

— Uma coisa eu acho que aprendi, Laís. A gente tem que respeitar as escolhas das pessoas, assim como as pessoas têm que respeitar as nossas. Eu acho que é isso.

ENCONTRO COM VITOR

— Oi, Laís!

Laís se virou, erguendo a cabeça. Deu um sorriso quando viu que era Vítor. Ela se encontrava sentada junto ao portão da sua casa. Estava distraída, olhando o movimento da rua, esperando as suas duas amigas aparecerem.

Era setembro, e já fazia seis meses que os pais de Laís estavam no Japão. Ainda era como no começo, sempre um mandando notícias para o outro.

Dona Mieko e Seu Toshiro acreditavam que, em breve, comprariam o terreno que os pais de Laís tanto queriam.

Vítor tinha feito aniversário na semana anterior, mas não houve festa. Os amigos da escola o cumprimentaram na classe mesmo. Até alguns professores vieram abraçá-lo. Mas o que o deixara muito feliz mesmo fora ter recebido um beijo de parabéns de Laís. E podia sentir que não era um beijo igual ao de Helô, de Luciana e de outras tantas meninas da classe. Tinha um carinho todo especial nele. Isso ele podia perceber, com certeza.

Vítor sentira uma vontade imensa de agarrar Laís lá na classe mesmo e lhe dar um enorme beijo na boca, na frente de todo o mundo. Mas só ficara na vontade.

Achara que, se fizesse isso, Laís poderia ficar louca da vida com ele. Era melhor esperar o momento certo.

Laís chegou um pouco mais para o outro lado e disse:

— Senta aqui, Vítor.

Ele se sentou bem junto dela.

— Sei que prometi, Laís, deixar você pensar, colocar a sua cabeça em ordem... mas também sei que você e a Heloísa já voltaram a se entender. E isso até que me deixou um pouco preocupado.

Laís olhou para ele.

— Preocupado? Preocupado, por quê?

— Porque talvez você tenha desistido de mim. É isso?

— Claro que não, Vítor! Eu e a Heloísa conversamos bastante e conseguimos realmente nos entender.

— Isso é bom.

— Acho que a gente passou por umas fases difíceis nesses últimos tempos. Eu e ela. Mas isso é outra coisa. Não tem nada a ver com desistir ou não de você.

Vítor olhou bem dentro dos olhos de Laís.

— E você já sabe como gosta de mim, Laís? Só não comece com aquela história de que me conhece desde a terceira série. Por favor.

Laís sorriu.

— Não, Vítor. Eu não vou falar nada disso, não.

— E então?

— Eu ia mesmo procurar você pra gente conversar. Sabe, Vítor, ando um pouco menos confusa ultimamente. Entender todos os sentimentos que vivem dentro da gente não é coisa muito fácil. Também conversei bastante com minha avó, com minhas amigas...

— Talvez você tenha conversado mais com você mesma, Laís. Ninguém melhor do que a gente pra nos entender.

— Pode ser.

Laís sentia-se tranquila ao dizer essas palavras. Bem diferente da Laís que havia estado na sorveteria há quase um mês. Parecia que agora realmente ela estava conseguindo conviver com o que sentia.

E, aos poucos, descobria que sentir não era algo tão terrível, assim como tentar falar sobre o que sentia. E Laís não queria nem deixar de falar, nem deixar de sentir nada.

Queria deixar o seu coração aberto, livre, para receber quaisquer tipos de sentimentos. Mesmo aqueles tão difíceis como a tristeza, a saudade, a vontade enorme de estar com alguém que vive do outro lado do mundo... Sem falar no desejo de estar sempre ao lado de alguém bem próximo, alguém que morava a menos de um quarteirão da sua casa e que estava despertando nela outro tipo de amor, um amor que começava a conhecer agora.

— Estou realmente gostando de você, Vítor. Não é só como amiga. Até falei isso pra Helô e pra Luciana...

— Então...

Laís olhou bem dentro dos olhos de Vítor.

— Quero ser a sua namorada, sim, Vítor. Só que...

— Só que...

— Não sei como vai ser daqui pra frente. Tenho medo de perder sua amizade, tudo o que de legal passamos juntos... — Laís fez uma pausa, depois retomou: — Acho que agora entendo o que a Helô sentiu.

— Por que você fala em perder a amizade, Laís? Por acaso você acha que num namoro não existe amizade?

— Engraçado... minha vó me falou isso uma vez. Ah, Vítor, mas você entende o que quero dizer. Tenho medo de que o nosso namoro acabe e com ele a nossa amizade. Uma amizade de tanto tempo.

— Acho que você não deve ter esse tipo de medo. Pra que querer adivinhar o que vai ou não acontecer? Pra quê? São preocupações que não levam você a nada. Deixar de fazer as coisas por medo, Laís? Deixar de amar por medo? Isso não tem cabimento.

Laís ficou calada por alguns instantes. Lembrou-se de seus pais. Na certa, não tiveram esse medo que Laís estava sentindo quando decidiram largar tudo e ir embora para o Japão. Ou, se sentiram, pelo menos não demonstraram. Falou sobre isso com Vítor.

— Sabe, Laís, uma vez ouvi o meu pai falar para a minha mãe que as pessoas deixam de fazer muitas coisas na vida porque têm medo de fracassar e isso faz com que elas não cresçam como ser humano.

— Você acha então que os meus pais tinham mesmo que tentar melhorar a vida lá no Japão?

— Se foi assim que eles escolheram... Mesmo que você não concorde.

— Eu e a Helô conversamos sobre isso um dia e ela falou algo que agora entendo melhor.

— O que ela disse?

— Ela falou que a gente tem que respeitar a escolha das outras pessoas. E elas a nossa.

— A Helô tá certa, sim. E posso dizer que escolhi você pra namorar e não quero nenhuma outra. Essa é a minha escolha, Laís.

— Você é um cara muito legal, Vítor.

— E você, Laís, é uma menina maravilhosa. É por isso que eu tô apaixonado por você.

— Só estou querendo entender melhor a vida.

— Entende a vida comigo, então...

Laís sorriu. Sentiu uma vontade grande de abraçar Vítor, beijá-lo, amá-lo, sentir-se apaixonada, ficar com ele para sempre.

Laís ficou pensando em como é que a mãe a encontraria quando voltasse. Como teria sido esse tempo todo sem ela e o pai.

Será que teria mudado ainda mais? Ainda estaria com Vítor? Estaria feliz como estava agora? Será que deveria escrever e contar tudo? Contar que estava namorando, apaixonada, que já havia beijado, que Vítor despertava nela tantas emoções, as quais afloravam no seu corpo, transbordavam pela sua pele, fazendo com que ela achasse a vida maravilhosa, aconchegante, misteriosa? Será?

Laís sentia que estava diferente, não era mais aquela de meses atrás. E não seria a mesma dali para frente. Sabia que ainda sentiria muitas outras transformações dentro dela. Ia gostar de algumas, desgostar de outras e por isso mesmo é que iria crescer, aprender, descobrir, amar.

E queria mesmo crescer e mudar para entender melhor o mundo e as pessoas, suas escolhas, perdas, vitórias.

Como lhe disse o avô, certa vez, crescer não é fácil mesmo.

Gosto muito de escrever. Penso, escrevendo. Falo o que sinto, escrevendo. Quando algo me incomoda, mexe comigo, me faz refletir, eu escrevo. Escrevo mais do que falo. É assim que me sinto bem. E feliz.

Já publiquei outros livros para crianças e jovens, incluindo outros títulos da Coleção Jabuti, como *Quero ser belo*, *Debaixo da ingazeira da praça*, *A vida no escuro* e *Léo na corda bamba*.

Moro em Americana, a mais ou menos cem quilômetros de São Paulo. Tenho duas filhas: Fernanda e Giovana.

Estudei Letras em Campinas, na PUC. Tornei-me professora de Português.

Há alguns anos, tive uma aluna de uns onze anos cujos pais iriam trabalhar no Japão; ela e um irmão ficariam aqui, com os avós, durante esse tempo.

Essa história mexeu comigo e fiquei tentando imaginar o que a menina estava sentindo. Essa garota teria de aprender a lidar com uma infinidade de sentimentos novos, teria de se adaptar a uma outra vida, a uma nova família.

Fui dar aulas em outra escola e não vi mais a menina. Mas a vontade de escrever sobre essa experiência me acompanhou durante muito tempo.

Foi assim que nasceu a personagem Laís deste livro. Doce, às vezes insegura, às vezes forte, experimentando e aprendendo muitas coisas.

Descobri que essa situação tem ocorrido muito. De cada pessoa a quem eu falava sobre o livro, ouvia: "Ah! É como o caso da fulana! Ela foi para o Japão com o marido e também deixou os filhos!". Pouco antes de este livro ser editado, tive notícia da minha ex-aluna: os pais haviam decidido ficar mais tempo no Japão, e ela havia ido morar com eles lá. O irmão menor ainda estava no Brasil, mas louco para se juntar à família.

Enquanto ouvia essa notícia contada por uma amiga, também ex-professora da garota, bati o olho em um cartaz colocado no muro de um estacionamento com os seguintes dizeres: "Precisa-se de descendentes de japoneses ou de pessoas casadas com descendentes, para trabalharem no Japão".

Como eu disse, quando alguma coisa mexe comigo, me faz pensar, o jeito é escrever.

Sobre o ilustrador:

Nascido em Juiz de Fora, Minas Gerais, Mozart Couto começou a desenhar quadrinhos profissionalmente em 1979, colaborando com as revistas da Gráfica Editora do Paraná. Depois de algum tempo passou a trabalhar exclusivamente com quadrinhos nacionais.

Em 1988, começou a exportar seus trabalhos para a Europa e em 1993 entrou no mercado norte-americano desenhando personagens como Mulher Maravilha, Hulk e outros.

Atualmente, entre outras atividades, dedica-se à ilustração de livros didáticos e paradidáticos.

COLEÇÃO JABUTI

Adeus, escola ▼◆🗐⊠
Amazônia
Anjos do mar
Aprendendo a viver ◆⌘■
Aqui dentro há um longe imenso
Artista na ponte num dia de chuva e neblina, O ✻★⌗
Aventura na França
Awankana ✎☆⌗
Baleias não dizem adeus ✻🕮⌗○
Bilhetinhos ✪
Blog da Marina, O ⌗✎
Boa de garfo e outros contos ◆✎⌘⌗
Bonequeiro de sucata, O
Borboletas na chuva
Botão grená, O ▼✎
Braçoabraço ▼⚐
Caderno de segredos ❏◎✎🕮⌗○
Carrego no peito
Carta do pirata francês, A ✎
Casa de Hans Kunst, A
Cavaleiro das palavras, O ★
Cérbero, o navio do inferno 🕮☑⌗
Charadas para qualquer Sherlock
Chico, Edu e o nono ano
Clube dos Leitores de Histórias Tristes ✎
Com o coração do outro lado do mundo ■
Conquista da vida, A
Da matéria dos sonhos 🕮☑⌗
De Paris, com amor ❏◎★🕮⌘⊠⌗
De sonhar também se vive...
Debaixo da ingazeira da praça
Desafio nas missões
Desafios do rebelde, Os
Desprezados F. C.
Deusa da minha rua, A 🕮⌗○
Devezenquandário de Leila Rosa Canguçu ✈
Dúvidas, segredos e descobertas
É tudo mentira
Enigma dos chimpanzés, O
Enquanto meu amor não vem ●✎⌗
Escandaloso teatro das virtudes, O ✈☺
Espelho maldito ▼✎⌘
Estava nascendo o dia em que conheceriam o mar
Estranho doutor Pimenta, O
Face oculta, A
Fantasmas ⌗
Fantasmas da rua do Canto, Os ✎
Firme como boia ▼⌗○
Florestania ✎
Furo de reportagem ❏✪◎🕮⚐⌗
Futuro feito à mão
Goleiro Leleta, O ▲
Guerra das sabidas contra os atletas vagais, A ✎
Hipergame ✍🕮⌗
História de Lalo, A ⌘
Histórias do mundo que se foi ▲✎✪
Homem que não teimava, O ◎❏✪⚐○
Ilhados
Ingênuo? Nem tanto...
Jeitão da turma, O ✎○
Lelé da Cuca, detetive especial ☑✪
Leo na corda bamba
Lia e o sétimo ano ✎■
Luana Carranca
Machado e Juca ✝▼●☞☑⌗
Mágica para cegos
Mariana e o lobo Mall 🕮⌗
Márika e o oitavo ano ■
Marília, mar e ilha 🗐✒✎
Matéria de delicadeza ✎☞⌗
Melhores dias virão
Memórias mal-assombradas de um fantasma canhoto
Menino e o mar, O ✎
Miguel e o sexto ano ✎
Miopia e outros contos insólitos
Mistério mora ao lado, O ▼✪
Mochila, A
Motorista que contava assustadoras histórias de amor, O ▼●🗐⌗
Na mesma sintonia ⌗■
Na trilha do mamute ■✎☞⌗
Não se esqueçam da rosa ♠⌗
Nos passos da dança
Oh, Coração!
Passado nas mãos de Sandra, O ▼◎⌗○
Perseguição
Porta a porta ■🗐❏◎✎⌘⌗
Porta do meu coração, A ◆⚐
Primeiro amor
Quero ser belo ☑
Redes solidárias ◎▲❏✎⚐⌗
Reportagem mortal
romeu@julieta.com.br ❏🗐⌘⌗
Rua 46 ✝❏◎⌘⌗
Sabor de vitória 🗐⌗○
Sambas dos corações partidos, Os
Savanas
Segredo de Estado ■☞
Sete casos do detetive Xulé ■
Só entre nós – Abelardo e Heloísa 🗐■
Só não venha de calça branca
Sofia e outros contos ☺
Sol é testemunha, O
Sorveteria, A
Surpresas da vida
Táli ☺
Tanto faz
Tenemit, a flor de lótus
Tigre na caverna, O
Triângulo de fogo
Última flor de abril, A
Um anarquista no sótão
Um dia de matar! ●
Um e-mail em vermelho
Um sopro de esperança
Um trem para outro (?) mundo ✖
Uma trama perfeita
U'Yara, rainha amazona
Vampíria
Vida no escuro, A
Viva a poesia viva ●❏◎✎🕮⌗○
Viver melhor ❏◎⌗
Vô, cadê você?
Zero a zero

★ Prêmio Altamente Recomendável da FNLIJ
☆ Prêmio Jabuti
✻ Prêmio "João-de-Barro" (MG)
▲ Prêmio Adolfo Aizen - UBE
✒ Premiado na Bienal Nestlé de Literatura Brasileira
☞ Premiado na França e na Espanha
☺ Finalista do Prêmio Jabuti
♁ Recomendado pela FNLIJ
✖ Fundo Municipal de Educação - Petrópolis/RJ
✪ Fundação Luís Eduardo Magalhães
● CONAE-SP
⌗ Salão Capixaba-ES
▼ Secretaria Municipal de Educação (RJ)
■ Departamento de Bibliotecas Infantojuvenis da Secretaria Municipal da Cultura/SP
◆ Programa Uma Biblioteca em cada Município
❏ Programa Cantinho de Leitura (GO)
♠ Secretaria de Educação de MG/EJA - Ensino Fundamental
☞ Acervo Básico da FNLIJ
✈ Selecionado pela FNLIJ para a Feira de Bolonha
✎ Programa Nacional do Livro Didático
🕮 Programa Bibliotecas Escolares (MG)
✍ Programa Nacional de Salas de Leitura
🗐 Programa Cantinho de Leitura (MG)
◎ Programa de Bibliotecas das Escolas Estaduais (GO)
✝ Programa Biblioteca do Ensino Médio (PR)
⌘ Secretaria Municipal de Educação/SP
⊠ Programa "Fome de Saber", da Faap (SP)
⚐ Secretaria de Educação e Cultura da Bahia
○ Secretaria de Educação e Cultura de Vitória